£1.50
6/12

EL BARCO  DE VAPOR

Fray Perico y Monpetit

Juan Muñoz Martín

 Joaquín Turina 39 28044 Madrid

Primera edición: abril 1998
Novena edición: mayo 2003

Colección dirigida por Marinella Terzi
Ilustraciones: Antonio Tello

© del texto: Juan Muñoz Martín, 1998
© Ediciones SM, 1998
   Joaquín Turina, 39 - 28044 Madrid

ISBN: 84-348-6029-5
Depósito legal: M-20312-2003
Preimpresión: Grafilia, SL
Impreso en España / *Printed in Spain*
Imprenta SM - Joaquín Turina, 39 - 28044 Madrid

No está permitida la reproducción total o parcial de este libro, ni su tratamiento informático, ni la transmisión de ninguna forma o por cualquier medio, ya sea electrónico, mecánico, por fotocopia, por registro u otros métodos, sin el permiso previo y por escrito de los titulares del *copyright*.

*A ti, lector, y a todos los niños de España,
que, en paz y alegría, acompañáis a fray Perico
en sus aventuras.*

*A mi hija Ninfa, que, desde Montpellier,
patria de Monpetit, mira con simpatía esta historia
de buenos hermanos.*

1 La tormenta

Y aquella tarde hubo una tormenta espantosa y el viento entraba y salía por puertas y ventanas, como Perico por su casa. Los frailes cenaron a toda prisa y se fueron a la cama. Sólo se quedaron fray Pirulero pelando patatas y fray Perico, que entre patata y patata le contaba mil cuentos y patrañas. Y estaba la puerta del pajar dando unos golpes tremendos. Y fray Pirulero, como era muy miedoso y con los cuentos que le estaba contando fray Perico tenía los pelos de punta, dijo:

—Ve, fray Perico, y cierra esa dichosa puerta, que los frailes no podrán dormir y las gallinas menos, pues ya sabes que duermen en el pajar.

Y fray Perico, que estaba muy calentito junto a la lumbre, respondió:

—¿Y por qué no vas tú, hermano?

—Porque yo estoy pelando patatas.

—Pues deja que yo las pele y ve tú a cerrar la puerta.

Y fray Pirulero, como era más antiguo y viejo, mandó a fray Perico:

—Ve tú, hermano Perico, por santa obediencia y por todas las almas del purgatorio.

Y fue fray Perico, por santa obediencia y por

las almas del purgatorio, a cerrar la puerta. Fue y cerró bien la puerta fray Perico y, como llovía, cogió el fraile y se quedó a dormir allí junto a las pobres gallinas, que no podían pegar ojo de los truenos que sonaban.

2 Ánimas del purgatorio

Y se hizo un hueco entre la paja y colgó el farol de aceite en una viga, y dio las buenas noches a todos. Y fue a rezar, luego, el fraile las treinta avemarías que siempre rezaba, pero a la primera se durmió.

Y a media noche, abrió un ojo fray Perico y, al escarbar en la paja para taparse con ella una pierna, notó que tocaba una mano y luego una cara, y dio un salto que casi pega con la viga del techo. Y fray Perico, lleno de miedo, se puso de rodillas y dijo:

—Perdona, hermano, quienquiera que seas, vivo o muerto o alma del purgatorio. Yo sólo soy fray Perico, el último fraile de este convento.

—¿Fray Perico?

—¿Me conoces? —preguntó patidifuso fray Perico.

—¡Claro, y a tu burro y a San Francisco!

—Pues ¿quién eres?

—Soy Monpetit, el sargento Monpetit, ¿no te acuerdas?

—¿El que robó las gallinas del convento?

—Sí.

—¿El del puntapié de San Francisco?

—Sí, el mismo.

—¿Vivo o muerto?

—Vivo. Y este que ronca aquí al lado es el soldado Guillomet.

—¿El que se llevó las gallinas y el bastón de fray Olegario y los chorizos de la despensa?

—Sí.

—¿Y vive?

—Sí. Mira qué ronquidos pega.

Y Monpetit contó a fray Perico cómo llevaban, desde que terminó la guerra, huyendo de monte en monte, pasando hambre, frío y fatiga, y temiendo que cualquiera los matara por todo el daño que habían hecho. Fray Perico arrimó el farol a la cara de Monpetit y vio que era él, por su nariz y sus ojos bizcos, pero estaba muy delgado, y también vio a Guillomet con su cara de pepino y sus orejillas picudas.

—Tengo hambre —dijo Monpetit.

Fray Perico sonrió. Miró a todas partes y se acercó al gallinero para buscar algún huevo.

—No mires ahí, fray Perico.

—¿Por qué?

—Porque ya nos cenamos anoche todos los huevos que había en los ponederos.

—¡Qué ladrones!

3 El mordisco

Fray Perico pasó la vista por todo el pajar y se puso a gemir a grandes voces:

—¡Ay, y os habéis comido también los veinte pollitos!

—¿En qué lo has notado?

—En las plumas que están en el rincón. ¡Pobres pollitos!

—Teníamos hambre —murmuraron los dos hombres.

Fray Perico se echó a temblar. ¡Qué pasaría cuando llegara fray Pascual y viera que faltaban los pollitos de la gallina tuerta, que las gallinas no habían puesto huevos y que la puerta del gallinero estaba rota. Fray Perico apretó los puños y gritó:

—¿Quién ha roto la puerta?

—Nosotros.

—¿Cómo la habéis roto?

—De una patada. Como estaba cerrada, la abrimos. Queríamos escondernos.

—Pues ya podéis salir pitando. ¡Como venga fray Pascual!

Los dos franceses se arrojaron a los pies de fray Perico y dijeron:

—Escóndenos en cualquier sitio.

Fray Perico señaló el monte cercano y propuso:

—Ahí tenéis sitio. Yo no diré nada. En el monte hay conejos, perdices, lagartos para comer y guaridas para esconderse. Allí hay bellotas y zarzamoras.

—De bellotas estamos hartos, que ya gruñimos mejor que los mismos cerdos.

Fray Perico sonrió, se puso un dedo en la boca y dijo:

—Pues no gruñáis y vamos de puntillas. ¡Que el Señor nos guíe y nos busque escondrijo!

—¿Dónde?

—En el desván.

—¿Donde los trastos viejos?

—Sí.

Y fray Perico hizo salir a los dos soldados, cerró la puerta y cruzó el corral, seguido de sus dos huéspedes. Nada más salir, Monpetit dio un pisotón a una cabra y la cabra le dio un topetazo en el trasero.

—*Pagdon, madam.*

Guillomet tropezó con el perro y el perro le mordió en la pierna.

—Alguien me ha mordido —se quejó el francés.

—Será el lobo —exclamó fray Perico.

—¿El lobo? ¿Hay aquí un lobo? ¿En un convento, un lobo?

—Sí, el hermano lobo.

—¿Y muerde?

—Sí, pero muy despacio.

—Menos mal.

Y los dos franceses cruzaron el corral procurando no pisar a nadie, muy despacito y pidiendo perdón, sobre todo a un par de bueyes que los miraban de hito en hito, mientras rumiaban despacio, despacio, unos haces de heno.

4 El gato Garabato

Poquito a poco, llegaron a la cocina. Aún ardían unos leños, que fray Perico avivó con el soplillo hasta levantar una gran llamarada.

—Es el segundo fuego que vemos en un año —exclamó Monpetit.

—Pues ¿cuándo fue el primero? —preguntó fray Perico.

—Ayer, en la fragua de fray Sisebuto, donde asamos a los hermanos pollitos, que en la paz del Señor descansen.

—¿Y os los comisteis?

—Todos. Diez se comió Guillomet, y otros diez, yo.

—¿Y no reventasteis?

—No. Diez meses llevábamos comiendo lagartos, bellotas y alguna seta, y nos habríamos comido un buey.

Fray Perico los bendijo y dijo que, gracias a esa penitencia, el Señor había tenido misericordia de ellos, de sus robos y fechorías y de sus patadas y sus matanzas.

—Yo no he matado a nadie —protestó Monpetit.

—Y yo, ni una pulga.

Fray Perico los regañó mucho por mentir y dijo:

—Pues ayer matasteis, los veinte pollitos de la gallina tuerta.

Los dos franceses bajaron la cabeza y dijeron que ellos eran soldados y hacían lo que les mandaban, que siempre disparaban con los ojos cerrados para no matar a nadie y que siempre que disparaban rezaban un padrenuestro por si le daban a alguien.

—Yo además tenía torcido el cañón del fusil y jamás he matado una mosca —añadió Monpetit.

Fray Perico movía la cabeza y decía que eran unos mentirosos, pues en el convento bien de daño que habían hecho y se habían llevado los cuadros y las alfombras, y habían quemado hasta las escobas para fastidiar.

A todo esto, los dos franceses no hacían más que picar de los platos del desayuno y se comieron dos de las veinticinco rosquillas de San Nicanor que fray Pirulero había hecho, pues al día siguiente era el santo de fray Nicanor.

—Sois imbéciles. Mañana fray Pirulero la armará, pues ha hecho veinticinco rosquillas y ahora sólo hay veintitrés.

Los dos franceses lo sintieron mucho, y ya iban a llevarse un jamón que fray Pirulero tenía sobre el humero del fuego, cuando fray Perico se hartó y dijo:

—Vamos a la carbonera. Allí pasaréis la noche calentitos y mañana Dios dirá. Se acabó el día.

5 Música celestial

Y Monpetit dio gracias a fray Perico, se quitó las botas y los calcetines y dijo:

—Buenas noches. Yo me voy a la cama.

Abrió fray Perico la puerta de la carbonera, que estaba debajo del fogón, y ya se iba a meter cuando, en la oscuridad, brillaron dos ojos y unas uñas le arañaron en la nariz.

—¡Atiza, el gato; ya no me acordaba! —exclamó fray Perico.

—¿El gato?

—Sí. Es Garabato, que duerme en la carbonera y tiene muy malas pulgas.

—Pues échalo fuera, hermano.

Fray Perico fue por la escoba y atizó al gato, pero éste, en lugar de salir huyendo, hizo fu y se escondió más adentro. Fray Perico invitó entonces a los dos franceses:

—¡Pasad, cabéis los tres!

—¡Cualquiera pasa! —protestó Guillomet.

Y como no pasaban, fray Perico ordenó silencio y mandó a Guillomet que se quitara también las botas.

—¿Para qué?

—Por el ruido. Las escaleras rechinan y, cuando sube alguien, es un escándalo.

—¿Y quién nos va a oír?

—Los frailes.

—¡Bah, los frailes están roncando!

Era verdad. Se oían a lo lejos unos ronquidos espantosos. Lo malo era que había que pasar por el dormitorio justo entre la fila de camas donde dormían los frailes.

—¿Y si nos ven?

—Pues os agacháis.

Fray Perico mandó apagar el farol y Monpetit protestó, pues era muy corto de vista y había perdido las gafas en el pajar.

—Pon las manos hacia delante y camina despacio —le aconsejó fray Perico.

Al pasar por el dormitorio, eran las tres de la mañana y los frailes bufaban. Uno de los más ruidosos era fray Sisebuto. Pero peor aún era fray Mamerto, que, como estaba sordo, no oía sus propios ronquidos. Fray Bautista era el que lo pasaba mejor; soñaba siempre que estaba en el paraíso y, como era sonámbulo, se subía sobre la cama y dirigía aquella música celestial.

Fray Procopio entonaba un silbido agudo, que parecía una flauta, y fray Pascual, una especie de cacareo. Fray Sisebuto, un resoplido, bajo y profundo, como el bufar de su fuelle. En cambio, el zumbido de fray Ezequiel era suave como el de las abejas.

6 *El rebuzno*

Monpetit iba con los pelos de punta, pensando que se iba a tropezar y armar la de San Quintín, y se tropezó. Se tropezó con las sandalias de fray Olegario y fue rodando por el pasillo con un ruido de mil diablos. Menos mal que, en ese momento, resopló el asno con gran ruido y nadie se dio cuenta. Fray Perico levantó a Monpetit y le dijo:

—Vamos, no ha sido nada.

—Pues me ha salido un chichón.

—Pues, con chichón y todo, bendice al Señor y al asno que nos han salvado.

—¿Qué asno? ¿Es que aquí un borrico duerme en una cama?

—No es un borrico, es un fraile con capucha y todo.

Fray Perico aproximó el candil que llevaba a una cama cercana y el soldado francés se quedó con la boca abierta.

—¡Pero si es Calcetín, el borrico que robamos Guillomet y yo! ¿Y se salvó de la guerra?

—Se ha salvado, y mira cómo ronca.

Y daba tales bufidos el asno que apagó la luz del candil.

—¡Vamos, que va a cantar el gallo! —apremió fray Perico.

Y los dos franceses, de puntillas, recorrieron

el pasillo y subieron despacito, escaleras arriba, en dirección al desván polvoriento, un cuartucho lleno de telarañas y trastos viejos. Treinta escalones tenía la escalera de la buhardilla, treinta. Bueno, pues en el veintinueve se tropezó Monpetit y cayeron los tres dando tumbos escaleras abajo.

Menos mal que en ese momento cantó el gallo y, tan, tan, tan, sonó la campana. El padre Nicanor se incorporó y gritó como todos los días:

—Hermanos, ésa es la señal del gran Rey. Vamos, el Señor nos llama.

Los frailes dieron un salto y echaron a correr.

—¿Adónde van? —preguntó Monpetit, maravillado—. ¿A trabajar?

—No, van a coger lavabo y jabón.

—Dos años y medio llevo yo sin ver una pastilla —murmuró Guillomet.

—Y yo cuatro —rió fray Perico—. Yo sólo me lavo con un dedo y me sobra.

Y los tres hombres, despacito y de puntillas, volvieron a trepar por la escalera y, con mucho sigilo y empujando suavemente, abrieron la vieja puerta, que hizo grrrrrrrrr...

7 La buhardilla

Lo primero que hizo Monpetit, al abrir la puerta, fue sacar su espada y apartar las telarañas. Fray Perico le regañó mucho por quitar su casa a aquellas pobres bestezuelas y Monpetit, muerto de risa, bajó galantemente la cabeza y dijo a la araña que corría por el suelo con sus largas patas:

—*Pagdon, madam.*

Fray Perico abrió un ventanuco, que debía de llevar más de trescientos años sin abrirse, y casi se queda con medio ventanuco en la mano, de lo podrido que estaba. Entró la luz y apareció una cama toda apolillada, un sillón de alto respaldo, un espejo en el que te mirabas y no te veías, y mil cachivaches más.

Monpetit sacudió el polvo de aquellos bártulos con el sombrero y fray Perico le regañó:

—No sacudas al hermano sillón, ni a la hermana mesilla de noche. Derecho tienen, como nosotros, a estar como están. Viejos son y achacosos, pero es por servir a Dios largos años.

Tentado estuvo Monpetit de dar un puntapié a la hermana mesilla y otro par de ellos al hermano sillón, pero se contuvo. Se contuvo hasta que sonó de nuevo la campana y se escucharon las pisadas de los frailes que bajaban a rezar. Entonces, fray Perico dijo:

—Ahora vengo. Arreglad, mientras, este palacio, hermanos. Dormid pensando en el Señor. Dormid a cuerpo de rey; uno, en esa cama, y otro, en ese gran sillón.

—¿Y comer?

—Es verdad. ¿Tenéis hambre?

—Yo me comería una ternera —exclamó Monpetit.

—Y yo, tres sartenes de patatas y medio jamón, una ternera y tres vacas —murmuró Guillomet.

Fray Perico se quedó admirado del hambre que tenían y, como oyó que los frailes bajaban ya hacia la iglesia, dijo:

—Bajemos.

—A rezar no, no me gusta el olor de las velas —refunfuñó Monpetit.

—¿Y el olor del chocolate? —les preguntó fray Perico.

8 El duelo

Los dos franceses olfatearon el aire y Guillomet casi se marea de lo bien que olía.

—Huele mejor que el romero y el tomillo. Llevo dos años por esos montes desayunando tomillo y comiendo y cenando espliego y romero, como un buey. Esto es otra cosa.

Y los dos franceses abrieron la puerta y comenzaron a bajar despacito por las escaleras, detrás de aquel aroma delicioso que los llevaba hasta las cocinas. Pero fray Perico los agarró de la manga y les hizo volver al desván.

—Hermanos, ¿os habéis visto?

—No, ¿qué pasa?

—Miraos en el espejo.

Los dos soldados franceses se miraron en el espejo.

—¿No veis nada?

—Vemos dos soldados con las guerreras agujereadas, sin botones, llenos de rotos, con ojeras, sin afeitar, sucios y asquerosos.

—Pues sois vosotros.

—¿Nosotros?

Los dos franceses se miraron uno a otro. Monpetit movió la cabeza y dijo:

—Cierto es, Guillomet. Das asco.

—Y tú más; no pareces un soldado de su majestad.

—¿Y qué parezco?

—Un mendigo, un pobre de pedir.

Monpetit apretó los puños, no se pudo contener y sacó la espada. Guillomet hizo lo mismo. En un momento, los dos soldados chocaron las espadas. Fray Perico levantó los brazos.

—¡Quietos, imbéciles! La guerra terminó hace dos años. Guardad las armas, mejor dicho, traedlas; yo las esconderé, y esos uniformes y ese gorro y esas botas. Si os ve fray Nicanor, primero, del susto, dará un bote, y luego llamará a los alguaciles para que os lleven a prisión. ¿Estáis locos?

—¿Y qué nos ponemos?

—Eso es lo malo. Dejemos que el Señor nos ilumine. Mientras, y como tenéis hambre y es de noche y fray Pirulero no ve bien, pues es medio bizco, vayamos a buscar qué comer; pero juradme por Napoleón que bajaréis de puntillas, os guardaréis la lengua en el bolsillo y no usaréis las espadas.

9 *Los picatostes*

Así lo hicieron los dos franceses: lo juraron dos o tres veces y luego salieron de puntillas con muchísimo cuidado.

Al llegar a la cocina, vieron a fray Pirulero, que asaba unos picatostes en la lumbre e iba poniéndolos de seis en seis en los platos de una mesa larguísima. Fray Perico asomó un poco la nariz por la puerta, se persignó y dijo:

—Hermano Monpetit, coge un picatoste de cada plato, guárdalo en esta bolsa y que Dios te perdone.

—¿Y chocolate?

—Bebe un sorbito sólo de cada taza.

—¿Uno?

—Uno y no más. Así fray Pirulero no se dará cuenta.

Y fue Monpetit y, como fray Pirulero había ido a la despensa a traer un saco de garbanzos para el cocido, cogió un picatoste de cada plato; pero, en vez de uno, tomó tres, y en lugar de un sorbo, bebió tres. Y así hizo Guillomet, y entre los dos dejaron el pobre desayuno temblando.

Y llegaron los frailes y se sentaron y se quedaron a media ración. Y enseguida fray Patapalo se puso a protestar y a decir que cada día se comía peor en el convento. Y el padre superior llamó a fray Pirulero y le dijo:

—¿Cuántos picatostes has puesto a cada uno?
—Diez.
—Pues yo tengo cinco —exclamó fray Ezequiel.
—Y yo, tres —protestó fray Procopio.
—Y yo, uno —exclamó fray Olegario.
—Y yo, ninguno —gimió fray Simplón.
—¿Y cuánto chocolate? —interrogó el superior.
—Las tazas llenas —contestó fray Pirulero.
—Pues yo la tengo vacía —dijo fray Sisebuto.
—Y yo, por la mitad —dijeron todos.

Y se quedó fray Pirulero con la boca abierta y, tirándose de los pelos, juraba que algo raro ocurría en el convento. Entonces todos miraron al lobo, pero no era él, porque tenía un flemón y llevaba tres días sin probar bocado. Luego miraron al asno, pero al asno no le gustaban los picatostes. Al final, todos miraron al gato y fray Pirulero cogió la escoba, y el pobre gato, que estaba durmiendo en el fogón, se llevó las culpas, aunque los frailes sabían bien que no había sido él, pues nadie duerme tan tranquilamente si acaba de hacer una fechoría.

10 El lobo

MONPETIT, viendo cómo los frailes sacudían al gato, apretó los puños y quiso salir de debajo de la mesa, sacar la espada y defender al pobre animal.

—¡Maldita sea! ¡Déjame, fray Perico, que diga la verdad!

—¿Y qué vas a decir?

—Que ha sido Guillomet.

—Pero si has sido tú... —protestó Guillomet.

—Es verdad, pues lo diré. Diré que he sido yo.

—¿Y que te lleven ante los alguaciles y perdamos la vida por un gato? —exclamó Guillomet.

—¡Es verdad!

—Además, el gato está ya en la carbonera y no se ha llevado ni un escobazo —añadió Guillomet.

Y fray Perico les pidió que se callasen, pues el hermano lobo andaba olfateando los picatostes y venía a pedir su ración.

—¿Pero no tenía un flemón?

—Se le habrá pasado y tiene hambre.

Y así fue, porque el lobo, después de aullar un rato y mover la cola y sacar los colmillos, pasó por debajo del banco donde se sentaba fray Simplón y se metió debajo de la mesa.

—¡Pobre lobo! —dijo fray Olegario—. Ahora le duelen los colmillos, ¡cómo aúlla el pobrecito!

Y el lobo, que aullaba al ver la cara y los pantalones azules de Monpetit, dejó de aullar cuando se dio cuenta de que debajo de la mesa había un paraíso de picatostes metidos en una bolsa. El animal olfateó a Monpetit, olfateó a Guillomet, y fray Perico, temiendo lo peor, murmuró a la oreja de Monpetit:

—Dale el talego de los picatostes y que se vaya.

Y Monpetit alargó el fardel hacia los colmillos del lobo. El lobo cogió la bolsa y fue a darse un banquete debajo del banco de la cocina.

11 *Debajo de la mesa*

Se oyó, en ese instante, la campana y los frailes se levantaron. Fray Nicanor se puso a rezar, como siempre, las oraciones para después de yantar y fray Patapalo dijo por lo bajo, aunque todos le oyeron:

—Cada vez comemos menos y rezamos más.

—Sí, podía ser al revés —murmuró fray Rompenarices.

—Amén —dijeron los frailes.

Y después de decir amén, los frailes se pusieron en fila, metieron las manos en las mangas y la cabeza en la capucha y salieron de la cocina.

Desde debajo de la mesa sólo se veían pies, pies y sandalias, que salían por la puerta y tomaban el camino de las escaleras. Sólo quedaron los pies de fray Pirulero, que estaba preparando el cocido para el mediodía. Luego pasaron los pies del gato, que salía de la carbonera después de la tormenta y subía, de un salto veloz, sobre la mesa, a ver si había quedado algo. La verdad es que no había quedado casi nada. Sólo algunas miguitas que enseguida desaparecieron. Asomó una gallina por la ventana, echó un vuelo y se posó en la mesa. Al instante, se oyeron los picotazos que daba en el mantel para recoger las últimas miguitas. Monpetit murmuró al oído de fray Perico:

—Hay una gallina, ¿la cojo? No tengo más que sacar la mano y agarrarla por el pescuezo.

—¿Estás loco? ¿Y quién la va a asar? ¿Te la ibas a comer cruda?

—La asaremos en el desván. Hay allí una estufa vieja. Con las patas de las sillas podemos hacer lumbre y la asamos. ¿Quién se va a enterar?

Estaban así hablando cuando se oyeron los gritos de fray Pirulero, pues por el olor parecía que la pobre gallina, después de comer, se había hecho un poco de pis en el mantel.

—¡Fuera, fuera! ¡Demonio de gallina! ¡Eso, en el corral!

La gallina echó el vuelo, aterrizó en una silla, vio a los tres hombres que la miraban con sus seis ojos, vio que dos manos (bueno, cuatro manos y veinte dedos) iban por ella y de otro vuelo salió pitando por el pasillo, buscando la puerta de la calle para salvar el pellejo.

12 Los alguaciles

YA iba a salir despacito fray Perico a cuatro patas por debajo del sillón de fray Nicanor, seguido de los dos franceses también a gatas, cuando por el pasillo se vieron dos, cuatro, seis botas, ocho, y se oyeron voces fuertes y ruido de armas y espuelas. Una voz agria preguntaba:

—¿Y los vio por el camino de la Nogalera?

—Sí —contestó una voz bronca y perruna—. Eran esos dos franceses que se llevaron medio pueblo cuando la guerra.

—Lo cierto es que no se lo llevaron —exclamó la voz agria.

—No les dejamos. Pero a mí se me llevaron todos los garbanzos y las lentejas.

A todo esto, los hombres que venían por el pasillo llegaron a la cocina y se sentaron alrededor de la mesa. ¡Qué pisotones, qué puntapiés con aquellas botas llenas de espuelas!

Fray Perico se hizo una bola como un erizo y pidió a los dos franceses que se acurrucaran como pudieran, pero los recién llegados, cada vez que chillaban, estiraban las piernas y sacudían el aire como si fueran caballos. Fray Perico, de rodillas, hecho un ovillo, rezó y se encomendó a todos los santos. Sobre todo a San Francisco.

—¡Ay, San Francisco, haz que salgamos de ésta!

13 La fuente del Sapo

Y como San Francisco estaba lejos y, además, las voces de los que estaban discutiendo en la mesa eran muy fuertes, no oía a fray Perico. Así es que el fraile le dijo a Monpetit:

—Esto se pone feo, tenemos que escapar de aquí. Tú, Monpetit, dame tu gorro de pelo de gato y que el Señor me ayude.

Y fray Perico se escurrió, escondiéndose entre las tinajas del aceite y los cántaros de agua, sin ser visto, hasta el pasillo. De allí salió, por la puerta del huerto, hacia el camino. Enseguida se oyeron sus voces y sus gritos:

—Mirad, mirad. He encontrado un gorro allá en el río. ¿De quién será? Parece de un francés.

Los hombres que discutían en la cocina se levantaron de la mesa y salieron atropelladamente.

—¿Dónde estaba?

—Allá, junto al río, en la fuente del Sapo.

—Pues es de ese Monpetit. Allá estará. Vamos.

Y todos corrieron a la fuente del Sapo, a ver a aquel hombre que se había llevado medio pueblo cuando la guerra y tenía la osadía de pasar de nuevo por él, camino de Francia. Fray Perico aprovechó para llegarse a la iglesia. Iba muy asustado. Estaba San Francisco mirando al techo y se acercó fray Perico y dijo:

—¡Chist, hermano Francisco!

—¿Qué pasa? —susurró el santo.
—¿Qué hago?
—¿Qué hago de qué?
—Tengo dos franceses debajo de la mesa de la cocina.
—¿Y qué hacen allí?
—Están escondidos.
—¿Y de qué se esconden?
—De la gente. Andan huyendo por los montes y todo el mundo, como son franceses, les atiza.

14 El perdón

San Francisco movió la cabeza y exclamó:
—Eso está mal. La guerra acabó y hay que olvidar.
—Sí, pero ¿y las gallinas que robaron?
—Ya vendrán otras.
—¿Y las cabras que se llevaron?
—Ya nacerán otras. Hay que perdonar. Hay que devolver el bien por el mal.
—Pues tú buen puntapié que diste cuando te quitaron el cepillo, hace dos años.
—Bueno, pero eso fue Monpetit. Ése era un mal bicho.
—Pues ese mal bicho está ahí abajo, debajo de la mesa de la cocina.
—¿Monpetit?
—Sí, Monpetit y Guillomet.
—¡Maldita sea! Como vengan por aquí, se llevan otro —refunfuñó el santo.
—¡San Francisco! —exclamó el fraile.
San Francisco se puso muy colorado y murmuró:
—¡Es verdad! ¡Pero es que, acuérdate, iban a sacudirme con el fusil!
Fray Perico tuvo que dar la razón al santo:
—¡Es cierto! Son un par de borregos.
—Claro que los borregos no saben lo que ha-

cen —reconoció San Francisco—. Habrá que perdonarlos.

—Eso es lo que he hecho yo —exclamó fray Perico—, pero lo peor es que todo el pueblo los persigue y no sé dónde esconderlos.

A San Francisco se le iluminó la cara:

—¡En la carbonera!

—Está el gato.

—¡Es verdad!

San Francisco cerró los ojos y se puso a pensar profundamente. Mientras tanto, fray Perico arreglaba las flores mustias de los floreros del altar y espantaba los moscardones para distraerse.

—Estáte quieto. No me dejas pensar.

Fray Perico dejó las flores y empezó a masticar la cera que resbalaba por las velas.

—No hagas ruido con la boca, que ya casi lo tengo. ¿Sabes dónde puedes esconderlos?

—No sé —contestó fray Perico.

—¡En el desván!

Fray Perico se echó a reír.

—¡Toma! Ahí es donde los he llevado.

San Francisco sacó las manos de las mangas y señaló hacia arriba, hacia el tejado.

—Pues ahí es donde mejor están.

15 San Simeón Estilita

Y San Francisco aconsejó a fray Perico que fuera por ellos y, con mucha caridad, les hiciera subir a la buhardilla y no les dejara salir de ella hasta que, con los años, se hicieran viejos y nadie los conociera.

—Se aburrirán. ¿Cómo van a estar años en una buhardilla?

San Francisco señaló hacia lo alto del altar mayor, que tenía más de treinta metros, y preguntó:

—¿Ves ese santo tan delgadito de madera que está allá arriba?

—Sí, ése es San Simeón.

—Pues ese santo se pasó treinta años encima de una columna sin comer ni beber.

—Pues a Monpetit le tienen un día sin comer y revienta.

San Francisco sonrió y dijo:

—Yo no les pido tanto. Sólo pido que se escondan en el desván y a ti te ruego que les lleves qué comer y qué cenar y qué leer y hasta qué fumar; porque Monpetit fuma y, como no es santo, no podrá resistir la tentación y saldrá de su escondrijo a buscar tabaco, aunque sea de hojas de girasol del huerto de fray Mamerto, o de las mondas que fray Pirulero quita a las hermanas patatas.

Fray Perico quedó maravillado de la caridad que el buen Francisco tenía con los pecadores y se despidió del santo muy confortado. Y, sintiendo por el ruido de pisadas que los frailes bajaban de las celdas de hacer las camas, salió sin ser visto por la puerta de la sacristía. Luego bajó hasta la cocina y allí, debajo de la mesa, encontró a los dos franceses sentados y dormitando.

—¿Qué hacéis?

—Haciendo la digestión. ¡Hace tanto que no probábamos bocado, que no sabíamos ni cómo hacerla!

Rió de buena gana fray Perico y luego les informó de que San Francisco los perdonaba y les ofrecía su ayuda.

—¿Pero es que habla esa estatua? —preguntó Guillomet, partiéndose de risa.

—Sí —contestó fray Perico.

—Pues yo no lo creo, hermano.

Monpetit se rascó la nariz y dijo:

—Es posible, Guillomet. A mí me dio un golpe en la nariz que todavía me duele.

—Golpes sí, pero hablar... ¿Cómo va a hablar una estatua de madera?

16 *El cocido*

En esto se oyó ruido y llegó fray Pirulero con un saco y lo dejó en un rincón. Guillomet asomó la cabeza con disimulo y dijo:

—¡Bah! ¡Son repollos!

—¡Chist! —ordenó fray Perico—. Callaos, que nos va a oír.

Fray Pirulero se acercó a la olla que ardía en el fuego y quitó la tapadera. Una nube de vapor llenó la cocina. Guillomet exclamó:

—¡Puag, huele a garbanzos y a berza!

—¿Qué comida es ésta?

Fray Perico susurró a la oreja del francés:

—Es cocido.

—¡Qué porquería!

—¿Porquería? Verás, aguarda un poco.

Y fray Pirulero abrió la puerta de la despensa y vino con unas ristras de chorizos y longanizas y las echó en el puchero. Y volvió luego a la despensa y trajo tocino y un rosario de morcillas y metió todo en el puchero. Y puso la tapadera y empezó a oler a gloria en la cocina.

—Estamos en el cielo —murmuró fray Perico—. ¿No oléis ese perfume maravilloso?

Y fray Perico aspiraba y aspiraba aquel olorcillo, hasta que los franceses, que tenían las narices tapadas porque olían a berza, se decidieron a olfatear de nuevo. Por fin, dijo Monpetit:

—Es cierto; ni en los huertos floridos de Francia huele mejor. De buen grado me comería la olla entera.

Y fray Perico les prometió que, si subían a su desván, les llevaría una cazuela o dos de aquel guiso, y otras más cuando fray Pirulero guisara lentejas, judías u otros platos de los que el cocinero hacía.

Guillomet habló con Monpetit un buen rato y dijo que sí, que les parecía bien y que, así que no hubiera peligro, saldrían de su escondrijo y subirían escaleras arriba hasta el desván.

17 El tío Carapatata

Pero no pudieron, porque se abrió de pronto la puerta de la cocina y apareció en el umbral un hombre rústico y colorado, con las abarcas llenas de barro, una garrota y unos pantalonazos de pana, una camisa sin cuello, un perro despeluchado y una boina que casi le tapaba los ojos.

—¡Atiza, el tío Carapatata! —exclamó fray Perico.

—Cara ¿qué? —preguntó temblando Monpetit.

—Carapatata.

—Me suena. Le quité una vaca y tres cabras hace dos años y ¡cómo se puso!

—Y las castañas y los higos y las acelgas —añadió Guillomet—. Hasta el perro le quitaste, y el carro y la mula.

—¿El perro? El perro me dio un mordisco en la pierna que todavía me duele, cuando llueve.

Y mientras así hablaban, el tío Carapatata daba golpes en la mesa y gritaba:

—¡Maldita sea! ¡Voy a tirar abajo el convento!

Fray Pirulero le quitó el bastón y chilló:

—No grite tanto; siéntese y dígame lo que le pasa, hermano Carapatata.

Y el tío Carapatata se puso aún más furioso y

echaba espuma por la boca diciendo que él no se llamaba Carapatata.

—¿Pues cómo se llama? —le preguntó fray Pirulero.

—¡Ruperto Cantalapiedra! Carapatata se llamará usted, hermano, que tiene cara de repollo cocido.

A todo esto, el perro ladraba furiosamente y echaba también espuma por los colmillos. Tales ladridos daba que el tío Carapatata le echó a puntapiés de la cocina. Y es que el lobo había salido de la despensa, y aullaba y enseñaba los colmillos que no tenía con furia.

—Vete fuera y aguarda, que esto es cosa mía.

18 La gallina bizca

Al fin, el tío Carapatata se tranquilizó un poco, se sentó en el banco grande, junto al fuego, y dijo:

—Vengo por lo de mi gallina, por mi gallina bizca, que se ha subido esta mañana a la tapia y se ha colado en el corral de fray Pascual.

—¡Pero si ya se la hemos devuelto!

—La gallina sí, pero la gallina bizca pone tres huevos por la mañana; mejor dicho, cuatro. Seguro que fray Pascual los ha encontrado en el corral y se han hecho ustedes con ellos una salsa mayonesa.

Fray Pirulero no dijo palabra; fue a la fresquera, trajo cuatro huevos y se los dio en una cesta al tío Carapatata.

—¿Y las peras?

—¿Qué peras?

—Ya sabe que tengo un peral que da a la tapia del huerto de fray Mamerto.

—Sí.

—Pues tengo la mala suerte de que al árbol le ha salido una rama por encima de la tapia y esa rama tenía quince peras. ¿Dónde están?

Fray Pirulero le dijo que los perales no daban peras en julio y el tío Carapatata respondió que los suyos sí. Así que fray Pirulero fue a la despensa, trajo quince manzanas reinetas y dijo:

—¿Le valen estas manzanas?

El tío Carapatata chilló largo rato murmurando que las manzanas valían en el mercado la mitad que las peras. El tío Carapatata era muy bruto y, antes de que se liara a romper los platos de la cocina, le trajo el fraile otras quince, para que se callara. Mientras tanto, Monpetit temblaba, temiendo que aquel hombre mirara debajo de la mesa.

—¿Qué hacemos, fray Perico? —susurró el francés.

—Rezad al Señor.

Y los dos franceses se pusieron, como pudieron, de rodillas y pidieron al Señor que los salvara. Y los salvó. Porque llegó la mujer del tío Carapatata chillando y diciendo que la mula negra se le había vuelto loca y se estaba comiendo la albarda y las aguaderas. Y corrieron el tío Carapatata y fray Pirulero y los frailes, y dijo fray Perico:

—Hoy habéis nacido, gracias al Señor. Andad, subid al desván y haced penitencia por vuestros pecados.

Y subieron a toda prisa los dos hombres, pero al llegar a la mitad dijo Monpetit:

—¿Y cómo hacemos penitencia, si no comemos?

19 Las botas del diablo

Y bajaron de nuevo y abrieron el puchero y cogieron dos cazos de garbanzos, y de cada cazo salió un chorizo y, detrás del chorizo, salió otro atado y otro... y todos. Y con la morcilla pasó igual.

—El Señor quiere premiarnos por hacer penitencia. ¡Alabado sea el Señor! —exclamó Monpetit.

Y dejaron el puchero temblando y, en una marmita, se llevaron aquella pesca milagrosa y arriba se la comieron en paz y gracia del Señor. Y, a la hora de comer, gritó fray Pirulero en la cocina:

—¡Ay, hermanos, el diablo se ha llevado los chorizos y las morcillas!

Los frailes corrieron a ver qué pasaba.

—¡Pues ya se podía haber llevado los garbanzos! —protestó fray Patapalo.

Estaban todos muy asustados, y más cuando llegó fray Pascual con la gallina coja, que lloraba a moco tendido.

—¿Qué pasa? ¿Por qué llora?
—Por los pollitos. Mirad.

Y fray Pascual puso sobre la mesa las plumas de los pollitos.

—Eso es cosa del zorro —exclamó fray Procopio.

—Los zorros no rompen las cerraduras a patadas —exclamó fray Pascual.

—¡Es verdad! —prorrumpieron a una todos los frailes.

—Además, los zorros no llevan botas —añadió fray Pascual.

Y fray Pascual puso sobre la mesa un par de botas llenas de agujeros.

—¡Qué mal huelen!

—¡Como que son las botas del diablo! ¿Cómo van a oler? —dijo fray Simplón.

Los frailes rieron de buena gana y, como tenían que ir a segar el trigo, cogieron las hoces y salieron cantando por la cuesta del río, sin acordarse de aquel asunto.

A todo esto, se quedó fray Simplón a coger unos melones en el melonar, pero, nada más coger uno, se cansó y se echó a dormir la siesta. Y estaba, cabeza arriba, mirando las nubes y contando cuántas ventanas tenía el convento, cuando asomó Monpetit la nariz por una gatera que había en el tejado para ver lo que se guisaba. Fray Simplón dio un brinco.

—¡Por San Pedro bendito!

Fray Cipriano llegó corriendo y preguntó:

—¿Qué te pasa, hermano?

—He visto al diablo en el tejado.

Fray Cipriano miró y no vio más que al gato, que recorría el alero buscando pájaros. Fray Cipriano movió la cabeza. Aquel calor de agosto hacía ver visiones a los frailes.

20 *Barriendo la puerta*

Lo malo fue al día siguiente. Estaba fray Cucufate haciendo chocolate y olía el convento a canela en rama y a árbol del paraíso. Y dijo Monpetit:

—Nosotros aquí haciendo penitencia y comiendo las sobras del convento y mira cómo huele la chimenea de fray Cucufate.

—A humo —replicó Guillomet.

—Sí, ¡pero qué humo!

Y los dos franceses sacaron la nariz por la ventana y casi se marean. Así es que, sin encomendarse a Dios ni al diablo, bajaron de puntillas, cruzaron el dormitorio y descendieron por las escaleras hasta la puerta del convento. Estaba allí fray Baldomero barriendo la portería y casi se topan con él; mejor dicho, Monpetit se dio con él de narices. Y se asustó muchísimo el buen fraile, al ver aquella nariz larguísima, aquellos pantalones azules y aquel bigote, y dijo:

—¡Por San Francisco bendito! ¿No eres tú Monpetit, el que se llevó los candelabros de la iglesia?

Y Monpetit se puso de rodillas y respondió:

—Sí, hermano.

—¿Y éste no es Guillomet, el que se llevaba las gallinas por docenas?

Y Guillomet cayó también de hinojos en el suelo, puso las manos juntas y con voz doliente contestó que sí, pero que, por Dios, no diera tantas voces, porque podían oírle. Y nada más decir esto, llamaron a la puerta. Fue corriendo fray Baldomero a abrir y aparecieron dos alguaciles a caballo, que dijeron:

—En nombre del Rey, ¿has visto por aquí a dos soldados franceses con pantalones azules, uno con una nariz muy larga y otro seco y delgado como un espárrago?

De buena gana fray Baldomero habría dicho que sí, que estaban allí y que hacía dos años se habían llevado el picaporte de la puerta y a San Francisco, y habían robado el burro y hasta se habían querido llevar al gato. Pero se mordió la lengua e incluso, por salvarlos, dijo una mentira gorda, que le hizo ponerse colorado como un pimiento:

—No, no los hemos visto.

—¿De verdad?

—Sí, hermanos, por las barbas de San Francisco.

Y los alguaciles se fueron. Y, nada más irse, Monpetit y Guillomet abrazaron al fraile y hasta se pusieron de nuevo de rodillas y quisieron besarle las sandalias. Después, echaron a correr hacia el corral y fray Baldomero les preguntó que adónde iban.

—Vamos, con tu bendición, a quitarle a fray Cucufate un par de onzas de chocolate para celebrarlo, pues eres un santo.

Fray Baldomero los regañó mucho y murmuró:

—Estos buenos pecadores no tienen remedio. Que el Señor y el buen Francisco los ayuden.

21 *Almendras con chocolate*

Estaba fray Cucufate haciendo almendras de chocolate y le salían de maravilla. Cogía una almendra, la pelaba, le echaba chocolate y la ponía a secar en la ventana. Cogía otra almendra, la pelaba, echaba otro poquito de chocolate y la ponía en la ventana. De vez en cuando, se comía una.

Por eso fray Cucufate estaba tan gordito, porque probaba todo lo que hacía. Hacía caramelos de menta y se comía uno, hacía caramelos de miel y se comía uno, hacía galletas de chocolate y se comía una. A veces, en vez de comerse una, si le salía muy bien, se comía dos y se ponía más gordo todavía.

Bueno, pues aquella mañana estaba haciendo las dichosas almendras y ya tenía doscientas treinta y cinco secándose al airecillo de la ventana. En ese momento, llegó Monpetit, vio que estaba abierta la puerta de la chocolatería, vio las doscientas treinta y cinco almendras bien peladas y recubiertas de chocolate, y se comió una. Cerró los ojos y la saboreó. Estaba estupenda.

—¿Has visto, Guillomet?
—¿Qué?
—Las almendras.

Guillomet cogió una, la probó y cogió otra. Luego cogió otra y después cogió el sombrero de pelo de gato, lo llenó de almendras y fue a comerlas detrás de una cuba de agua que había allí cerca. Fray Cucufate ya iba por las quinientas cuando se dio cuenta de que no había ninguna. Primero pensó que las gallinas eran las culpables, porque había una por allí despistada que estaba escarbando y buscando lombrices. Así que se la cargó la gallina.

Fray Cucufate salió, cogió a la gallina, le miró el pico y vio que no estaba manchado de chocolate. El fraile soltó a la gallina y le pidió perdón. Luego pensó en las hormigas.

22 El padrenuestro

Las hormigas tienen un olfato que se enteran de todo. Miró los siete hormigueros más cercanos y vio que de uno salía una fila de unas quinientas mil hormigas que iban en procesión hasta la cuba, fue detrás y casi le da un patatús.

Lo primero que vio fue la nariz de Monpetit y sus pantalones azules, y luego el cuello de pavo de Guillomet, con su gorro lleno de almendras de chocolate.

De buena gana habría retorcido aquel cuello de pavo y habría aplastado aquella nariz roja con el cazo de chocolate. Pero fray Cucufate rezó un padrenuestro y un avemaría, como mandaba fray Nicanor. Luego rezó otro padrenuestro y otra avemaría, luego rezó un rosario y, al final, se le fue el furor. Y no digamos cuando Monpetit se echó en el suelo y pidió perdón.

—Perdón, perdón, perdón, porque me llevé hace años la caldera de chocolate. Perdón, perdón, perdón, por el molinillo; perdón, perdón, porque me llevé el fuelle.

Fray Cucufate bajó el cucharón, sonrió, abrazó a Monpetit y a Guillomet y dijo:

—Y por las almendras de chocolate, ¿qué?

—Por las almendras de chocolate también perdón, porque nos las hemos comido todas. ¡Estaban tan ricas!

Y fray Cucufate bajó los brazos resignado, miró al cielo y, de pronto, salió bufando y gritando:

—¡Vamos, vamos, que se quema el chocolate!

Y fueron los tres corriendo y entre los tres echaron tres o cuatro cubos de leche a la caldera de chocolate, pero ya era tarde. El chocolate se había chamuscado y aquel día en el convento los frailes no comieron almendras con chocolate.

23 Las doce vacas

Y mientras fray Cucufate limpiaba la caldera, vinieron del corral un olorcillo a vaca y unos mugidos lejanos, y dijo Monpetit:

—¿Qué pasará que mugen las hermanas vacas?

Fray Cucufate escuchó un instante y exclamó:

—Tal vez mugen porque no tienen comida. El pobre fray Pascual anda segando en el campo y seguro que se ha olvidado de ordeñarlas y darles de comer.

Y nada más oír esto, Monpetit salió corriendo, con lo cual fray Cucufate dijo:

—Admirable es la caridad de este hombre. Corre tú también, hermano Guillomet, y socorred a nuestras hermanas. Dios os lo pagará.

Y echó a correr Guillomet y llegó a la vaquería, donde mugían doce vacas sobre un suelo amarillento de dos metros de heno y estiércol. Monpetit regañó mucho a Guillomet por haber tardado tanto y le mandó que descolgara unos cubos que había en la pared y los pusiera debajo de cada vaca.

—¿Para qué?
—Para ordeñarlas.
—¿Cómo se ordeñan?
—Tirando del rabo. Tú tiras y sale la leche.

Guillomet tiró del rabo de una, que era roja

como un pimiento, y la vaca, al notar que le arrancaban la cola, dio una coz y mandó a Guillomet hasta la puerta.

—Algo hemos hecho mal. ¿No habrá que darle de comer antes?

Monpetit movió la cabeza. Cogió el pincho, tomó una tonelada de heno y se lo puso a la vaca en el pesebre. La vaca veía visiones con tanta comida. Abrió la boca, afiló los dientes y se puso a comer a dos carrillos. ¡Qué crujidos, qué mordiscos, qué dentelladas! Parecía que hablaba y decía:

«Gracias, Monpetit; echa un poquito más».

Y Monpetit le echó otros dos pinchos de heno, y le habló y le habló, y la vaca le miraba y parecía que decía: «Prueba ahora. Pon el caldero y tira del rabo, pero tira más fuerte». Y Guillomet se remangó y tiró más fuerte, y la vaca le lanzó por la ventana hasta el pilón.

24 Que viene fray Pascual

Estaban las gallinas tan tranquilas bebiendo en el pilón, cuando cayó en él Guillomet. ¡Qué alboroto, qué susto! Un pato negro que nadaba en una esquina se volvió blanco. Una gallina que estaba poniendo un huevo en un montón de heno puso tres seguidos. Al burro de fray Perico, que acababa de acercarse a beber, se le quedaron las orejas tiesas, como planchadas con almidón.

Guillomet pidió perdón a todos, salió del pilón, se sacudió las ropas y fue a sentarse encima de un cesto para secarse al sol. Pero no pudo ni siquiera sentarse. Por la puerta del corral apareció fray Pascual cargado con una brazada de hierba fresca a la espalda. Guillomet dio un salto, dio un brinco y se metió corriendo en el establo.

—¡Que viene fray Pascual!

Monpetit, que estaba limpiando las telarañas del techo con una escoba, tiró la escoba y se escondió en el rincón más oscuro, al lado de una vaca. Guillomet fue a esconderse debajo de un cesto. Enseguida se abrió la puerta del establo y apareció fray Pascual con su cargamento de hierba fresca. Todas las vacas volvieron la cabeza con cara de hambre; todas menos la colorada, que comía a dos carrillos.

Fray Pascual miró a la vaca, miró el cubo colgado en la viga más alta, miró el cesto que se movía y miró, sobre todo, el establo lleno de moscas, porque en el techo no había ni una sola telaraña. Fray Pascual, patidifuso, se quedó en medio del establo, con los brazos en jarras.

25 Dos puñetazos

En esto se oyó silbar a lo lejos, luego más cerca, y apareció fray Perico con un saco lleno de lechugas. El fraile dejó el saco en el suelo, se limpió el sudor y empezó a buscar por los rincones.

—¿Qué buscas?

Fray Perico no hizo mucho caso; siguió buscando y hacía unas cosas rarísimas. Se puso a hablar con la vaca del rincón y luego con el cesto que se movía. ¡Qué gritos, qué aspavientos, como si un cesto pudiera escucharle! Fray Pascual estaba desconcertado. Al fin, fray Pascual no pudo más, se acercó a la vaca y casi le da un patatús. Detrás de la vaca estaba una nariz que él conocía muy bien. Una nariz, unos bigotes y un gorro de pelo de gato.

—¡Monpetit!

Sí, sí, era Monpetit, el que se había llevado las doce vacas hacía dos años y luego se las había comido; el que se había llevado el rastrillo nuevo, los cubos de ordeñar y hasta las tejas del tejado. Fray Pascual se remangó, cogió fuerza con el brazo y le dio un puñetazo de padre y muy señor mío a Monpetit, en la nariz. Luego, le dio otro.

—¡Toma, por cochino!

Y Monpetit se puso a echar sangre por la nariz. Fray Perico regañó muchísimo a fray Pascual por dar aquellos puñetazos y fue por un cubo de agua al pilón, para lavarle. Mientras tanto, fray Pascual puso su pañuelo en la nariz del herido y le pidió perdón.

—Perdona, pero es que hay cosas que no se olvidan. ¿Dónde están mis doce vacas?

Monpetit señaló compungido hacia la puerta, por donde se veía el azul intenso de la mañana, y dijo lleno de tristeza:

—En el cielo.

En esto salió de debajo del cesto Guillomet, se acercó despacito a fray Pascual y le dijo:

—Perdón, hermano. Yo soy Guillomet, ¿te acuerdas?

—Claro que me acuerdo. Tú te llevaste una ternera y la criba que estaba encima de la puerta —contestó enfadado fray Pascual.

26 El ángelus

Y por debajo del hábito cerró los puños, lleno de ira. Luego se aplacó, porque sonaba la esquila del ángelus y había que rezar a la Virgen María. Así es que fray Pascual bajó los ojos y dijo:

—Hermanos, hora de oración; recemos y que el Señor nos perdone nuestros pecados.

Y se pusieron los cuatro a rezar, y, cuando terminaron, dijo fray Pascual:

—Muchas gracias a Dios tenéis que dar por estar aquí sanos y salvos, sin un rasguño, en el convento.

Monpetit se palpó la nariz y exclamó:

—Yo no hago más que dar gracias. Ya no sé ni cómo darlas, de lo agradecido que estoy.

—Y yo, el doble —añadió Guillomet.

Entonces fray Pascual les dijo que lo mejor para dar las gracias era que cogieran el rastrillo y amontonaran el estiércol, mientras ellos iban a merendar.

—Así lo haremos —respondieron los dos casi llorando de alegría.

Y cogió uno el rastrillo y otro una azadilla y, antes de comenzar, se santiguaron y dijeron humildemente:

—En nombre de todos los santos, dejaremos el establo limpio, como los chorros del oro.

Y se fueron fray Perico y fray Pascual emocionados a reunirse con los frailes, que acababan de llegar del campo y estaban en el comedor. Nada más irse, Monpetit tiró el rastrillo a un rincón y dijo:

—Que lo limpien ellos y su abuela.

Y Guillomet tiró también la azadilla y salió detrás de su compañero. Y nada más salir, Monpetit olfateó el aire y comentó:

—Aunque tengo la nariz estropeada, huelo a pan. Vamos, que fray Rebollo está amasando.

27 *Catorce panes*

Fueron al horno y estaba amasando fray Rebollo en la artesa y contaba con los dedos los panes que tenía que hacer para que comieran los veinticinco frailes toda la semana. Le salían ciento setenta y cinco. Y había ciento setenta y cinco panes blanquitos colocados en las alacenas, que esperaban entrar en el horno y quedar dorados y crujientes. Y vieron a fray Rebollo limpiarse las manos en el delantal y salir corriendo a merendar, antes de encender el horno y cocer el pan amasado en el fuego. Y dijo Monpetit:

—Ésta es la nuestra. También nosotros tendremos nuestros catorce panes, siete para ti y siete para mí, que también somos hijos de Dios.

—¿Y dónde está la harina?

Y como no había harina, Monpetit quitó un poquito de masa a cada pan y con ello hizo sus catorce panes. Y como fray Rebollo tardaba, Monpetit encendió el horno con la leña que había en un rincón.

¡Qué susto se llevó fray Rebollo, cuando, desde la ventana del comedor, vio salir humo de la chimenea! Tiró la silla y corrió hacia el horno. Sí, sí, el fuego ardía alegremente y la mitad de los panes estaban ya dentro. Los frailes también corrieron y se quedaron asombrados al oír decir a fray Rebollo que el horno se había encendido solo y que los panes habían entrado volando por la puerta del horno por arte de magia.

Pero lo peor fue al día siguiente, cuando fray Rebollo repartió los dichosos panes entre los frailes. Fray Rompenarices protestó porque habían encogido y fray Patapalo trajo la vara de medir, comprobó que era verdad, dio no sé cuántos puñetazos sobre la mesa y dijo:

—Cada vez se come peor en este convento.

Fray Nicanor sonrió, miró al cielo y regañó benévolamente a fray Patapalo con voz sosegada:

—Hermano, ya sabes que no sólo de pan vive el hombre.

Fray Patapalo bajó la cabeza y murmuró a la oreja de fray Tartamudo:

—Pues aquí, ni de pan, porque el jamón ni lo olemos.

28 *Gallinas y ratones*

Fray Nicanor regañó también a fray Rebollo, por haber hecho los panes tan pequeños, y fray Rebollo juró por San Pancracio bendito que había puesto la misma harina de siempre y la misma agua de siempre y la misma sal de siempre y la misma levadura de siempre y la misma leña de siempre, en el horno. Y fray Nicanor movió la cabeza y exclamó:

—Pues no lo entiendo.

—Pues yo tampoco —afirmó fray Rebollo.

Luego se la cargó fray Cucufate, por no haber hecho las almendras de chocolate. Y fray Cucufate respondió sollozando que él había partido las almendras, como siempre, y las había pelado, como siempre, y había encendido la caldera de chocolate, como siempre, y había echado el chocolate, como siempre, pero que las almendras habían desaparecido.

—¿Y quién se las ha comido?

—A lo mejor, las gallinas.

Y fray Cucufate se puso muy colorado al decir esta mentira, y más cuando los frailes protestaron y dijeron que las gallinas debían estar en el gallinero y no andando por los claustros o picoteando en el comedor, que era una vergüenza.

Y así estaban los frailes, echando la culpa a las gallinas, cuando se oyeron arriba, en la biblioteca, las voces de fray Olegario. Corrieron todos, pues eran voces muy fuertes, y encontraron al fraile en su sillón, temblando.

—¿Qué pasa?

—Los ratones se están comiendo los libros. Ahora se acaban de comer cuatro.

Y fray Olegario señalaba una estantería casi vacía, que estaba junto a la mesa.

—¿Cómo eran los libros?

—Como ésos.

29 Fiebre

Y fray Olegario señaló unos librotes grandes llenos de polvo, forrados con piel de carnero.

—¡Pues vaya estómago! Muy grandes han de ser los ratones, para comerse cuatro libros como ésos.

—Son enormes.
—¿Los has visto?
—Sí. ¡Qué cara más feísima!
—¿Seguro que son ratones?
—Sí.
—¿Con bigotes?
—Claro.
—¿Y hocico?
—¿Hocico? Tiene uno una nariz enorme, y además...
—Además, ¿qué?

Fray Olegario movía la cabeza, como si le diera miedo decirlo.

—¿Qué? —insistió fray Nicanor.
—Que lleva pantalones azules.
—Tú lo has soñado, hermano. Pasas tanto tiempo aquí encerrado que ves visiones.

Y los frailes se miraron entre sí muy preocupados. Y fray Ezequiel, notando que fray Olegario tenía mucho calor, dijo gravemente:

—Eso es fiebre y con las fiebres se ven volar bueyes. Una vez, en mi pueblo...

Y no le dejaron seguir, porque los frailes cogieron a fray Olegario a la sillita de la reina y le llevaron, quieras que no, a su celda. Lo metieron en la cama y le pusieron tres mantas encima, para que sudara.

  Y, mientras le tapaban, bajó de nuevo fray Perico a la biblioteca, miró por el ojo de la cerradura y no vio ratones, sino a Monpetit subido en la escalera de tijera rebuscando por las estanterías y a Guillomet sosteniendo la escalera y cogiendo al mismo tiempo un libro muy gordo que le entregaba Monpetit. Abrió fray Perico la puerta y debieron de asustarse, o tal vez se rompió la escalera, Monpetit se vino abajo dando tumbos y se rompió la pierna.

30 La escalera de tijera

¡QUÉ dolor, Monpetit! Fray Perico corrió a levantarle, pero Monpetit no podía mover la pierna. ¡Qué apuros fray Perico! ¡Qué sudores! ¡Y Monpetit, qué temblores! Era la hora en que los frailes subían a estudiar a la biblioteca y era una lata, porque cada uno cogía un libro y se levantaba; y buscaba otro, y se sentaba; y todo era ir de acá para allá y no había rincón de la biblioteca donde no hubiera un fraile metiendo las narices.

Así es que fray Perico regañó mucho a Monpetit, por haberse subido a la escalera, y le preguntó que qué demonios habían estado haciendo allí, asustando a fray Olegario con sus ruidos y carreras y sus malditos pantalones azules. Monpetit no contestaba y volvía la cabeza, y fray Perico cogió de una oreja a Guillomet y le dijo entre dientes:

—Veníais a robar, ¿eh?
—No.
—Pues hay aquí un libro del rey Alfonso de los tiempos de Maricastaña, que dicen que vale un dineral. ¿No será ese que lleva escondido Monpetit?

Monpetit se encogió aún más para tapar el libro que había cogido de las alturas. Luego sacó, de debajo de la casaca, un librote forrado con piel de color verde. Fray Perico lo abrió y, como no sabía leer, se quedó viendo los santos. El primero era un hombre que estaba subido en un árbol.

—¿Quién es éste?

Monpetit le contestó que era un personaje de un cuento que él leía de pequeño y que le recordaba su país y su pueblo.

—¿Y por eso te rompes una pierna?

Monpetit le contestó que lo de la pierna era por culpa de la escalera, que ellos sólo iban a coger un libro para no aburrirse, pues estaban hartos de estar en el desván.

—¿Y fray Olegario? ¿Qué ha pasado con fray Olegario?

—Fray Olegario nos ha visto y se ha asustado.

—¡Pobre fray Olegario! Está medio ciego, tan ciego que os ha confundido con ratones. Está perdiendo la razón y por eso gritaba. ¡Es tan viejecito!

31 Gafas de cristal de vaso

MONPETIT comenzó a reírse y contestó:

—Fray Olegario gritaba porque me ha visto a mí. Tiene buena memoria. Yo fui el que me llevé de aquí más de cien libros, cuando la guerra, y la mesa, la silla y la alfombra para poner los pies.

Fray Perico se quedó admirado, y más todavía cuando Monpetit añadió en voz baja:

—Además, el que más gritaba era Guillomet.

—¿Guillomet?

—Sí. Guillomet le ha tapado la boca con la mano y fray Olegario le ha dado un mordisco. ¡Cualquiera no grita!

Fray Perico se quedó con la boca abierta. Y seguía con la boca abierta cuando se abrió la puerta y apareció fray Procopio con sus gafas de cristal de vaso, y lo primero que hizo fue golpearse con la estantería de la entrada, que casi la tira al suelo. Luego, siguió su camino palpando los libros. Lo segundo que hizo fue tropezarse con la escalera que estaba tirada en el suelo y fue a caer al lado de Monpetit.

—¿Dónde están esos ratones? —preguntó.

Y fray Procopio comenzó a palpar la nariz de Monpetit y sus bigotes, y dijo:

—Mucha nariz tiene este ratón y muchos bigotes. Se parece mucho a uno que se llevó hace dos años mi colección de piedras y la de peces disecados, y no se llevó el telescopio porque era muy grande.

Y fray Perico, al oír esto, se arrodilló ante fray Procopio, le pidió perdón y le suplicó que olvidase aquello y no gritara ni llamara a los frailes ni al tío Carapatata, pues vendrían los del pueblo y los alguaciles y acabarían ahorcándolos en la plaza mayor por orden del Rey y de la Reina.

—¿Y por qué te pones tú de rodillas, y no él?
—Porque tiene la pierna rota.

32 Lágrimas de risa

Y fray Procopio comenzó a reírse y reírse, y casi se le saltan las lágrimas. Tanto se rió que Monpetit terminó por reírse y Guillomet, de tanta risa, tuvo que echarse al suelo y agarrarse a la escalera. Fray Perico no salía de su asombro, y más cuando también le entró la risa a él y se puso rojo como un pimiento. Al rato, fray Perico se secó el sudor con la manga, se tranquilizó un poco, se puso muy serio y preguntó a fray Procopio:

—¿De qué nos reímos?
—No lo sé —exclamó Monpetit.
—Y yo tampoco —reconoció Guillomet.
—Y yo menos —aclaró fray Perico.

Fray Procopio se secó las lágrimas, se sonó la nariz y dijo:

—Yo me río de alegría.
—¿De alegría?
—Sí, ¿no dice el evangelio que hay más júbilo en el cielo por un pecador arrepentido que por cien justos?
—¡Sí, pero tanta alegría!
—Es que no es uno, son dos.
—Pero tanta, tanta...

Y fray Procopio no pudo contestar. Le entró de nuevo la risa y cayó al suelo retorciéndose, como una culebra. Fray Perico levantó los hombros resignado y pidió a fray Procopio que, con risa y todo, cogiera de los pies a Monpetit, que él y Guillomet le llevarían de los brazos.

—¿Y adónde vamos? —preguntó Guillomet.

—A la carbonera.

—Mejor será al torreón —propuso entre risas fray Procopio.

Y entre los tres llevaron escaleras arriba a Monpetit, que tan pronto lloraba de risa como de dolor. Allí le tendieron sobre una piel de vaca que usaba fray Procopio para poner los pies y lo taparon con el tapete de la mesa. No duró mucho Monpetit en el suelo, porque se levantó y, arrastrándose, se sentó en la mesa, frente a la ventana. Luego, volviéndose a fray Procopio, le preguntó:

—¿De qué te reías, hermano?

33 El telescopio

Fray Procopio le acercó el extremo del telescopio y le respondió:

—¿Ves el corral, y la fragua, y el horno del pan y el del chocolate?

Monpetit miró y dio un respingo:

—¡Atiza, es verdad!

—Pues, con este cristal maravilloso, os vi a ti y a Guillomet ayer robar a fray Cucufate las almendras y la masa de los panes, y vi a Guillomet volar por el aire y caer de cabeza en el pilón de los animales.

—¿Y te reíste?

—Me reí mucho más que hoy.

Guillomet apretó los dientes, cogió una banqueta que había en un rincón y la levantó lleno de rabia sobre la cabeza de fray Procopio.

Monpetit le calmó:

—¡Quieto, Guillomet! Gracias hemos de dar de que estos buenos frailes hayan olvidado todo y se partan de risa. Que la risa desarma la ira y lo perdona todo.

Y mientras así hablaban, sonaron pisadas por los escalones de la torre. Fray Procopio corrió a echar el cerrojo y lo cerró y, nada más cerrarlo, se oyeron unos golpes y unas voces que decían:

—Fray Procopio, abre.

Fray Procopio comenzó a temblar, y más cuan-

do la voz se hizo más fuerte y los golpes y las patadas estuvieron a punto de tirar las puertas.

—No hay nadie —gritó fray Procopio.

—¿Cómo que no hay nadie?

—Bueno, estoy yo.

—Pues abre o tiro la puerta.

Y las patadas eran tan terribles que los clavos de la cerradura pronto iban a saltar. Fray Procopio miró por una hendidura y dijo:

—Es fray Sisebuto.

—Pues abre, que va a tirar la puerta —suplicó fray Perico.

—¡Nos verá! —exclamó asustado Monpetit.

—¿Y qué importa? —murmuró fray Procopio.

—¿Qué importa? Me llevé hace dos años su martillo y su yunque y la cadena del fuelle. Seguro que sabe que estamos aquí y viene con el mazo de doblar hierros.

34 Cuarenta y seis herraduras

Y los soldados franceses corrieron a la ventana y querían lanzarse abajo hacia el pilón o hacia un montón de heno que había junto a la vaquería.

—¡Está muy alto! —exclamó Monpetit—. Cualquiera se tira. Cien metros hay por lo menos.

Pero no pudieron decir más, porque fray Sisebuto dio un empellón a la puerta y entró en la habitación, entre una granizada de astillas, clavos, tornillos, nubes de polvo y serrín, pues la madera estaba apolillada desde hacía muchos siglos.

—¡Ave María Purísima! —saludó el recién llegado, sacudiéndose el polvo.

Los dos franceses se pusieron de rodillas, levantaron los brazos para pedir clemencia y cerraron los ojos. Fray Sisebuto se abalanzó sobre ellos y los abrazó y, como era tan grande, los levantó en vilo y exclamó:

—No temáis nada de mí. Fray Sisebuto es muy bruto y, como es tan bruto, tiene la cabeza cuadrada y todo se le olvida. ¿Quién se acuerda ahora del martillo y de las cuarenta y cinco herraduras que me robasteis para vuestros caballos?

—Eran cuarenta y seis —murmuró Monpetit.

Empezó a reírse fray Sisebuto y dijo:

—¿No veis como no tengo memoria?

Y le preguntó fray Procopio que cómo había sabido que Monpetit y Guillomet estaban en el convento. El fraile contestó que lo había soñado.

—¿Y qué soñaste?

Y fray Sisebuto contó que dos noches atrás había soñado que Guillomet y Monpetit y fray Perico pasaban de puntillas con un farol cada uno por delante de su cama y que desaparecían por la escalera del desván, y que luego daban unos zapatazos tremendos en el techo. Lo malo es que no había podido dormir en todo el resto de la noche.

—¿Y creíste que era un sueño?

—Sí. Pero hace un momento, cuando fray Olegario se quejaba de que los ratones se le llevaban los libros de la biblioteca, dudé de que fueran ratones y pensé que eran Guillomet y Monpetit en carne y hueso. Me escondí y los vi pasar después, uno con la pierna rota, camino del torreón de fray Procopio.

Y fray Sisebuto, al decir esto, preguntó a Monpetit que si le dolía y éste dijo que no mucho. Que le dolía pero que, con tantas cosas como ocurrían en el convento, no se acordaba de sus dolores y que lo único que temía era que algún fraile no le perdonara y hablara, y acabaran metidos en el calabozo del pueblo o en la cárcel del corregidor.

35 *A capítulo*

En ese momento fray Pirulero tocó la campanilla y fray Procopio levantó los brazos y preguntó:

—¿Qué pasa?

La campanilla sonó de nuevo y fray Sisebuto exclamó:

—Tocan a capítulo.

—¿Y eso qué es? —preguntó Monpetit.

—Que fray Nicanor nos reúne a todos para ponernos verdes por algo. Algo grave pasa en el convento, ¿qué será? —se preguntó fray Sisebuto.

—¿Que qué será? Anda el convento revuelto, los panes son cada vez más chicos, desaparecen las almendras, roban las gallinas, las vacas no dan leche y dices que qué será. ¿Quieres que se venga abajo el convento para que ocurra algo? —exclamó fray Procopio.

Y en ese momento sonó otra vez la campanilla de fray Pirulero, con tal fuerza que casi se viene la torre al suelo. Y echaron a correr escaleras abajo fray Perico, fray Sisebuto y fray Procopio y, al ver que corrían, echaron a correr detrás Monpetit y Guillomet.

La escalera era muy estrecha y estaba llena de curvas, parecía que no se acababa nunca. Al llegar a media torre, se toparon con fray Pirulero y fray Cucufate, que subían muy nerviosos. Fray Pirulero señaló hacia arriba y obligó a los que bajaban a que subieran de nuevo.

—Suban, suban, hermanos, por caridad y por todas las almas del purgatorio.

Y Monpetit respondió que él no volvía a subir a la torre ni por caridad ni por todas las almas habidas y por haber, porque tenía asma. Igual dijo fray Sisebuto, porque estaba muy gordo y llevaba los brazos casi pelados de darse contra las paredes.

Y pensaron que lo mejor era continuar por el pasillo. Y prosiguieron camino adelante. Llevaba fray Sisebuto a la espalda a Monpetit, que iba quejándose de su pierna, y detrás iban los demás, escondiéndose como podían detrás de las columnas o en las zonas oscuras. Al llegar a la puerta de la capilla, fray Sisebuto ya no podía más.

Fray Perico abrió la puerta y dijo:

—Vamos. Aquí, detrás del altar, podemos hablar y decidir qué hacemos.

—Yo no entro —exclamó Monpetit.

36 La vela

PERO fray Perico empujó a fray Cucufate e hizo entrar a Monpetit en la iglesia. Ésta olía a incienso y a flores que daba gloria.

—¿Y si me da con el pie? —preguntó Monpetit.

—Pues no te acerques —le aconsejó fray Perico.

—Es que tendré que pedirle perdón.

—Pues no lo pidas.

Fray Cucufate pasó por delante de la imagen. Se arrodilló, se levantó, se tropezó con la alfombra y fue a caer dando tumbos sobre las escaleras. Monpetit se golpeó la nariz contra la pared y echó un poquito de sangre.

—¿No lo ves? San Francisco está enfadado —murmuró Monpetit—. Mira mi nariz.

Guillomet movió la cabeza y exclamó:

—La verdad es que San Francisco tiene razón.

Y luego, por dentro, pidió perdón a la imagen y se acercó con un poco de miedo y fue a besarle los pies. Y no pasó nada. Monpetit, que se había levantado con la ayuda de los frailes, sólo se atrevió a encender una vela y ponerla a los pies del santo. Y, al irla a encender en la llama de la lamparilla, se quemó un dedo. Y empezó Monpetit a quejarse y a lamentarse de lo mucho que le dolía. Fray Perico le mandó callar y dijo:

—Ven, mete el dedo en el aceite de la lámpara y no te dolerá.

Y así lo hizo el soldado y se tranquilizó. Entonces, fray Cucufate se sentó en una grada y los demás a su alrededor, y dijo fray Cucufate:

—Hermanos, he visto por la ventana que el alcalde subía con no sé cuántos vecinos y que traían perros y escopetas.

—Irán a cazar —exclamó fray Procopio.

—Sí, a cazar perdices. Éstos vienen por nosotros —murmuró Monpetit—. Estamos perdidos.

Fray Perico se puso de rodillas ante San Francisco y todos le imitaron. La imagen tenía, como siempre, los ojos perdidos en el vacío, como si estuviera observando una mosca lejana.

—¡Oh, San Francisco!

37 La nariz de San Francisco

Pero San Francisco no movió una pestaña. Monpetit y Guillomet, viendo que aquello se ponía feo, se escurrieron por debajo de las faldillas del altar y allí se sentaron a esperar a ver si San Francisco hacía un milagrillo.

—¿Tú crees que hará algo? —preguntó Guillomet a Monpetit.

—No. Como no se líe a puntapiés... Pero yo ya estoy escarmentado. Siempre que me acerco al buen santo, salgo echando sangre por las narices. Mejor será huir por esa ventana y escapar por el río, antes de que nos pesquen.

A todo esto, el tiempo pasaba y los frailes se hartaron de mirar al santo, y dijo fray Perico:

—Hermanos, yo creo que San Francisco ha movido la nariz.

Fray Cucufate, fray Sisebuto, fray Procopio y fray Pirulero miraron con muchísima atención y vieron cómo la imagen movía la nariz y la cabeza, aunque fray Cucufate volvió la vista a la ventana y dijo:

—Debe de ser la luz del sol, que, con esas nubes, va y viene y hace que parezca que se mueva todo, hasta los floreros.

Se rieron los frailes de lo cabezota que era fray Cucufate, porque estaban viendo con sus propios ojos que, en efecto, San Francisco les señalaba la puerta, como diciendo que había que moverse. Y no lo pensaron más. Fray Sisebuto se levantó y exclamó:

—Ya está claro. Que Monpetit y Guillomet se queden ahí escondidos. Que no hablen, que no se muevan. Buen refugio es el que tienen debajo del santo.

—¿Y nosotros? —preguntó fray Cucufate.

—A nosotros nos llaman otra vez la campana y la obediencia. Ésa es la voz del Señor —respondió fray Pirulero—. Oídlo.

—¡Es verdad! El dichoso fray Balandrán ¡qué campanillazos pega! —gritó fray Cucufate.

—Es el Señor que urge.

—Pues vamos, no vaya a enfadarse.

38 Las mangas de fray Pirulero

Y se despidieron de los dos franceses y no dejaron de repetirles, una y otra vez, que no se movieran, que allí, bajo los pies de San Francisco, tenían el escondite mejor del mundo. Pero, nada más irse, Monpetit se ató bien las botas, se puso bien el gorro de pelo de gato y dijo a Guillomet:

—Átate las botas y vamos por la ventana. ¿No oyes los gritos? Es la gente del pueblo que se acerca.

Y sin esperar más, salió bufando en dirección a la ventana. Guillomet se ató las botas y salió de debajo del altar. Antes de saltar por la ventana, miraron hacia la imagen. San Francisco tenía su vista clavada en el techo y su dedo índice señalaba no sé dónde.

—¿No ves? Nos dice que nos quedemos aquí —murmuró Guillomet.

—No, imbécil, ¿no ves ese dedo? Nos indica que huyamos por la ventana.

Y Monpetit se subió a la banqueta de colocar las flores, dio un salto y desapareció por la ventana. Guillomet se santiguó, saludó a la imagen y dijo:

—Yo no me voy a quedar solo. ¡Hasta la vista!

Saltó detrás y desapareció entre las hojas de una de las higueras que rodeaban el hueco de la ventana. Venía muchísima gente por el camino y traían pinchos y rastrillos. Otros llevaban escopetas y perros. Todos se agolparon en la puerta y llamaron. Y salió fray Baldomero y, nada más salir, se callaron todos y hasta se quitaron el sombrero y saludaron:

—¡Ave María Purísima!

—¡Sí, Ave María Purísima y venís con escopetas!

La gente bajó la cabeza y uno levantó la nariz, que era el tío Carapatata, y gritó:

—Venimos con escopetas, porque a mí me han quitado mis vacas.

—Y a mí dos carros —exclamó la tía Zurrapajos.

—Y a mí me han quemado el pajar con las ovejas dentro —chilló Chupahigos.

—¿Quién?

—Esos franceses que tenéis ahí.

—Aquí no están —exclamó fray Baldomero, señalándose la manga con el dedo.

—¿Dónde? ¿Dentro de la manga? —preguntó el tío Carapatata, que era muy listo.

Fray Baldomero apretó con rabia los dientes porque le habían pillado la trampa y dijo:

—Dentro del convento. Lo juro por las barbas de San Francisco, por San Antolín y por todas las almas del purgatorio.

39 *Las barbas de San Leodegario*

Y fray Baldomero no mentía, porque acababa de ver los pantalones azules de los dos franceses debajo del carro lleno de mies. Y por eso volvió a decir:

—Por todos los santos del cielo y por San Caralampio, que aquí no están.

Y en ese momento salió fray Nicanor muy serio, asustado por tantas voces y tantas hoces y rastrillos, y, al oír a fray Baldomero jurar por tantos santos del cielo, le regañó muchísimo y dijo:

—No pongas nunca la mano en el fuego por nadie, ni llames a los santos del cielo, porque no sabemos si estos dos pobres pecadores están dentro, pues el convento es muy grande y tiene muchas ventanas por donde entrar.

Pero fray Baldomero movió la cabeza y volvió a gritar:

—Yo os juro que dentro del convento no están, por las barbas de San Leodegario, obispo de Artois.

Y, como viera que los perros andaban muy revueltos olisqueando alrededor del carro, se volvió a fray Pirulero y le mandó en voz baja que trajese deprisa carne del cocido y algún hueso, y luego alzó la voz y dijo a la gente:

—Mucho habéis sufrido estos días buscando

a ese tal Monpetit y a Guillomet, y mucho habéis hecho trabajar a esos pobres perros que tienen la lengua por el suelo y dan lástima.

Y llegó fray Pirulero y empezó a echar a los animales huesos y trozos de carne, con tan mala fortuna que un hueso fue rodando debajo del carro y tres o cuatro perros corrieron a buscarlo. Todo terminó mal. El carro se movió, se oyeron juramentos y voces, acabó volcándose el vehículo y Monpetit y Guillomet echaron a correr, cuesta abajo, a una velocidad increíble, camino del río.

Al llegar al primer barranco, se lanzaron de cabeza y, dando tumbos, llegaron al arroyo y, por el arroyo, al río. Iban los perros detrás, y detrás todos los campesinos chillando, disparando las escopetas con rabia, con tanta rabia que se les iban los tiros al aire. Un jilguero que miraba aquel alboroto desde una rama se quedó sin plumas, y las cigüeñas del campanario se largaron hacia la torre del pueblo para huir de la quema.

40 *La sala capitular*

Fray Nicanor se quedó de piedra. Parecía una estatua de esas que hacía en su taller fray Castor, las manos levantadas, los ojos asombrados, como si acabara de ver a San Pedro abrir las puertas del cielo. Luego, de pronto, dio un salto y fue a coger la cuerda de la campana que había en la portería. Casi la rompe de lo fuerte que la sacudió. ¡Qué campanillazos, qué golpetazos! Acudieron todos los frailes sin perder un instante. Fray Pirulero dejó de freír patatas y se vino con la sartén a la portería, fray Sotero apareció con un zapato en una mano y el martillo en otra.

Fray Olegario, al oír el campanillazo, se tiró de la cama y bajó escaleras abajo, sin acordarse ni de su fiebre ni de los pobres huesos de su pata coja. Fray Pascual, que estaba ordeñando las vacas, las dejó sin ordeñar y se trajo su peste y sus moscas a la sala capitular.

Estaban los frailes discutiendo qué hacer y qué no hacer, si correr a salvar a sus dos pobres huéspedes o correr a la iglesia a rezar, cuando llegó fray Pascual ¡y qué peste! Los frailes se taparon la nariz y siguieron discutiendo. Bueno, no siguieron, porque fray Nicanor levantó los brazos y pidió silencio por respeto a los santos frailes que dormían en sus sepulturas bajo las losas de la sala.

—¡Silencio! Aquí yacen docenas de frailes que nos precedieron y duermen en paz. ¿Qué dirán desde el cielo?

—Que digan lo que quieran —murmuró fray Rompenarices—. Yo no oigo nada.

Fray Nicanor paseaba sobre las frías tumbas, más viejas que los tiempos en los que Mahoma montaba en dromedario. Había una en la que decía: «Aquí yace fray Sinforiano, el que inventó el gregoriano». En otra ponía: «Aquí yace fray Ringomberto, que puso la primera lechuga en el huerto». Otra: «Aquí yace. fray Belarmino, que se pasó toda la vida sembrando pepinos».

—Pues que siga sembrando, que yo me voy —masculló fray Rompenarices.

41 Limpiando las armas

Fray Patapalo le preguntó:
—¿Y adónde vas?
—No lo sé, pero hay que hacer algo.
Fray Patapalo lo pensó mucho y dijo:
—¿Dónde tienes los trabucos?
—Están enterrados junto a la tapia, detrás de la jaula de los conejos.
—¡Buenos estarán!
Fray Rompenarices abrió la puerta para irse.
—¿Y la pólvora?
—Debajo de una teja, en el gallinero.
—¡Vaya sitio! Vete por todo y espérame en el pajar.

Y salió fray Rompenarices despacito, bajó de tres en tres los escalones, fue a la tapia y desenterró los tres trabucos. Estaban los pobres comidos por la humedad, sucios y medio torcidos. Un topo se había comido la culata de madera y en los cañones vivían una culebra y una tribu de lombrices. Fray Rompenarices limpió bien los trabucos con un trozo de estropajo y fue por la pólvora. Levantó la teja y encontró la pólvora un poco enmohecida y llena de telarañas.

Enseguida fue al pajar, donde le esperaban fray Patapalo y fray Tartamudo. Fray Patapalo le regañó mucho por tener las armas tan mal cuidadas y dijo:

—¡Qué mal vigilas ahora estas cosas, hermano! ¿Recuerdas cómo brillaban cuando robábamos en el monte? ¿Y esta pólvora? ¡Si parece caca de ratones!

Fray Patapalo llenó de pólvora el trabuco, la apretó con la baqueta y puso una bala en la recámara; luego apuntó al gato que dormía en el tejado y dijo:

—Verás qué susto le pego.

—No le apuntes.

—No; tiraré a esa teja rota que hay a su derecha, ya verás.

Y apretó el gatillo, sonó un ruido de mil demonios y las gallinas del corral, que miraban como tontas, salieron volando aterradas y dejando todo lleno de plumas. La bala dio en el tiesto de alelíes que tenía fray Procopio en el torreón y lo hizo mil pedazos.

—¡Estamos arreglados, ha estallado! —exclamó fray Patapalo con la cara negra.

Luego observó los otros dos trabucos y dijo:

—Éstos pueden servir. ¡Vamos, hay que salvar a nuestros amigos!

—¿Nuestros amigos?

—Sí. Ahora esos franceses son medio frailes, y, si han venido al convento a refugiarse, como nosotros, los tres frailes ladrones los salvarán.

42 *Los tres mil filisteos*

Los tres frailes salieron desfilando, cruzaron el corral y pasaron ante la cocina, donde se oían voces y gritos. Allí estaban los demás frailes muy alborotados y se oía ruido de sartenes y cacerolas.

—Yo llevaré un cuchillo —dijo la voz de fray Sisebuto.

—No, hermanos, cuchillos no. Los cuchillos cortan y, si los clavas, pueden herir a alguien —avisó la voz prudente de fray Ezequiel.

—¡Pues mejor! —resonó la voz de fray Sisebuto.

Los tres ladrones asomaron la cabeza por la ventana de la cocina. ¡Qué manera de abrir cajones, sacar pucheros, agitar cacharros en el aire! Sin embargo, los frailes se iban apaciguando y, en lugar de cuchillos, cogieron tenedores.

—Tenedores, tampoco. Coged las cucharas y los cucharones; hacen daño, pero no matan —aconsejó, otra vez, fray Ezequiel.

—¿Y las sartenes?

—Sartenes, sí. Y el atizador de la lumbre.

Y los frailes salieron a la puerta armados con el rodillo de la cocina, el mango del almirez y los ralladores de rallar el pan. Pero los tres ladrones les regañaron mucho:

—Dejad esas tonterías y coged el hacha de

partir la leña y las tijeras grandes del pescado. En la guerra, si no matas, te escabechan.

Y los frailes admiraron muchísimo a los tres ladrones, por lo que sabían, y dijo fray Ezequiel:

—Yo prefiero que me maten, pero yo no llevo ni siquiera un palillo de dientes.

—Pues vas arreglado, ya te pueden ir haciendo un hoyo junto a fray Belarmino el de los cochinos y fray Teotiste el del alpiste —rió fray Patapalo.

Después, los tres ladrones dejaron a sus hermanos y siguieron cuesta abajo. Cuando volvieron la vista, vieron cómo discutían los frailes y se oía decir a fray Sisebuto:

—Yo, una vez, con una piedra, maté un conejo. Con un ladrillo se puede poner en fuga a un ejército.

—Es cierto —exclamó fray Olegario—. Yo he leído en la Biblia que Sansón, con la quijada de un burro, puso en fuga a dos mil filisteos.

—Creo que fueron tres mil —corrigió fray Cucufate.

43 La honda de fray Ezequiel

Y se enzarzaron los frailes en una discusión sobre el número de filisteos, y casi terminan sacudiéndose entre sí con sartenes y cucharones.

Luego siguieron camino abajo, mirando a un lado y a otro, a ver si encontraban el hueso de algún animal entre la maleza, pero no hallaron ninguno. Solamente fray Simplón se encontró un hueso de albaricoque y, como era tan inocente, preguntó:

—¿Y con este hueso se podría hacer algo?

Rieron todos los frailes por su ingenuidad y bondad, pero fray Olegario dijo:

—No os riáis, hermanos. El joven David, con una piedrecilla, derribó al gigante Goliat. ¿Qué haría ese hueso lanzado con una honda?

—Nada —gritaron todos.

—¿Nada?

Y fray Ezequiel cogió el cordón que llevaba, lo dobló a manera de honda, puso el hueso en el centro, dio diez o doce vueltas y lanzó el hueso hacia un enorme nogal, bajo el cual estaban los campesinos alborotados. Estaban alborotados porque los dos soldados franceses se habían subido a lo más alto de aquel gigantesco árbol. Se veían los pantalones azules y las botas cuando el aire movía las ramas. Los perros habían sido los primeros en descubrirlos.

Iban a hacer pis en el árbol, levantaron la pata, levantaron los ojos y, ¡cataplum!, la bota de Guillomet cayó en la cabeza del más feroz, el perro del tío Carapatata.

—Eres imbécil —le regañó Monpetit—. Verás lo que va a pasar.

Enseguida el perro se había encargado de avisar a su dueño, que corría un kilómetro más allá, camino del puente grande. ¡Qué ladridos! Volvieron todos, miraron arriba y vieron allá los pantalones azules.

—¡Atiza, si están en mi noguera y encima se me van a comer las nueces! —gritó el tío Carapatata.

Y ya iban a disparar todos, cuando el hueso que acababa de lanzar fray Ezequiel fue a dar en una rama en la que anidaba un enorme enjambre de abejas apiñadas y furiosas.

—¡Caramba, el enjambre que se escapó el otro día! ¡Verás tú! —exclamó fray Ezequiel.

44 Al convento

El fraile tenía muchísima habilidad con la honda, pues su padre había sido pastor y él también de chico, y chinarro que ponía, chinarro que caía donde había puesto el ojo. Así es que el enjambre dio doscientas vueltas para un lado, trescientas para otro, y eligió como objetivo al grupo de campesinos. Éstos tiraron las escopetas y salieron disparados hacia el pueblo sin volver la cabeza.

En dos minutos llegaron al río, lo cruzaron, subieron por la ladera opuesta, llegaron al pueblo y ya no sé lo que pasó después, ni falta que hace.

Fray Patapalo, fray Rompenarices y fray Tartamudo los vieron pasar desde debajo del puente. Tan deprisa iban los campesinos y tales voces de terror lanzaban que los tres frailes ladrones se arrodillaron, miraron al cielo, dieron gracias al Señor y volvieron al convento. Fray Patapalo entregó su trabuco a Rompenarices y dijo:

—Esta vez ya no son necesarios los trabucos: guárdalos, pero bien tapados con paja y envueltos en papeles, por si algún día hacen falta.

Y al llegar a la noguera, vieron a los frailes muy alborotados, pues Guillomet y Monpetit no sabían bajar del árbol.

—¿Cómo han subido? —preguntó fray Patapalo.

—Por el miedo. Cuando viene el lobo, hasta las ovejas se suben a los árboles —sentenció fray Ezequiel.

Y al fin, con la escalera larga de limpiar la torre, los bajaron. Luego subieron todos cantando por la cuesta y fueron a postrarse ante San Francisco.

45 ¿Quién salvó a Monpetit?

San Francisco seguía mirando al techo, como si no se hubiera enterado de nada. Fray Patapalo murmuró un rato y luego dijo en voz alta:

—Éste lleva no sé cuántos años sin hacer un milagro.

Fray Simplón lo oyó, le reprendió mucho y dijo:

—¿Te parece poco milagro que fray Ezequiel haya atinado a dar en el enjambre de las abejas?

Y los frailes, al oír esto, se quedaron meditando en silencio. Sólo se oía el chisporroteo de la lamparilla y el suave jadeo de fray Nicanor, que seguía rezando en un rincón sin enterarse de lo que había pasado.

Allí dentro los frailes una y otra vez se preguntaban quién había salvado a los dos pobres fugitivos. Sus sartenes, sus pucheros, sus pobres cuchillos y tenedores o la tranquila plegaria de fray Nicanor, que no se había levantado de su sitio, reza que reza a San Francisco.

Pero, aunque fray Nicanor parecía que estaba en el séptimo cielo con los ojos cerrados, tenía un ojo abierto que miraba hacia los frailes, que discutían debajo del púlpito.

—¿Se lo decimos? —murmuraba fray Cucufate.

—No, que a lo mejor los echa a patadas del convento —contestaron todos asustados.

Y fray Nicanor ya se hartó de tanto rezar, se levantó y dijo:

—Hermanos, no discutáis más. Lo sé todo. Sé que el Señor ha salvado a Monpetit y Guillomet de las iras de los campesinos. Sé que están aquí y sé que están escondidos debajo de ese banco, ¡como si yo fuera tonto!

Entonces, los dos soldados franceses salieron de debajo del banco y fray Nicanor los acogió con benevolencia y dijo:

—Ahora no se hable más. Yo tengo hambre y me figuro que estos amigos también la tienen. Vamos al comedor y allí, con el estómago lleno, veamos qué debemos hacer.

Y arrodillándose todos ante San Francisco, se despidieron de él y bajaron humildemente al comedor.

46 Las bolitas de pan

¡Qué rico estaba el puchero aquella mañana! Fray Pirulero había guisado unas patatas con bacalao y estaban tan ricas que no quedaba ni una patata, ni un trozo de bacalao en el plato. El gato estaba asqueado. Pero, de pronto, se levantó fray Nicanor, alzó los brazos y dijo:

—¡Escuchad, hermanos, dejad las cucharas!

Todos los hermanos dejaron las cucharas y no se oyó ni un ruido. Sólo el tintineo de las cucharas de Monpetit y Guillomet, que seguían rebañando la cacerola. Fray Nicanor sonrió y preguntó a los dos soldados:

—¿Seguís teniendo hambre?

—Sí. Años llevamos huyendo por los montes sin comer. ¡Si pudiéramos quedarnos para siempre aquí, en vuestro santo convento! Lo malo es que no nos queréis perdonar todas las barrabasadas que os hicimos hace tiempo, los jamones que nos llevamos y los libros y los candelabros y las mesas y las sillas... ¡Oh, hermanos, si nos perdonaseis!

Los frailes se miraron unos a otros y fray Nicanor se quitó la capucha y dijo:

—Por mí, os perdono todo lo que nos habéis hecho. No sé lo que pensarán los demás.

Y fray Nicanor pasó la capucha por las mesas y propuso:

—Haced unas bolitas con las migas de pan. Los que perdonen a estos hombres, que metan su bolita en la capucha.

Y los frailes hicieron cada uno una bolita de miga de pan y metieron luego la mano en la capucha, y el que quiso dejó allí su bolita, y el que no, la guardó en la manga. Fray Nicanor contó al final las bolas y faltaban tres. Y todos se preguntaban quiénes serían aquellos tres, hasta que se levantaron fray Patapalo, fray Rompenarices y fray Tartamudo y dijeron:

—Somos nosotros. No está bien que esos dos hombres malvados que tanto nos han robado se queden entre nosotros.

Pero fray Nicanor regañó a los tres ladrones por tener tan poca caridad y les dijo:

—¿Y vosotros no erais ladrones y os perdonamos?

Los tres frailes ladrones se rascaron la cabeza y respondieron:

—Pero es que nosotros dejamos nuestros trajes de bandidos, dejamos nuestros trabucos y nos arrepentimos muchísimo, y ahora somos santos, gracias al Señor, e iremos derechitos al cielo.

—Ellos también dejarán sus trajes y también se han arrepentido e irán al cielo como vosotros.

47 El perdón

Y los dos franceses, al oír esto, se hincaron de rodillas con grandes golpes de pecho y con tan enormes lágrimas de arrepentimiento que hicieron llorar también a los tres hermanos ladrones. Éstos los abrazaron y dijeron:

—Hermanos nuestros seréis y ojalá que lleguéis a ser santos, como nosotros, y nos veamos en unos años ahí en los altares junto a San Francisco, que es amigo nuestro.

—¡Seremos santos! —exclamaron los dos soldados franceses.

—Eso no es fácil —murmuró fray Rompenarices—. No podréis beber ni decir palabrotas.

—No beberemos ni diremos palabrotas.

—No podréis fumar ni jugar a las cartas. No haréis más que rezar, rezar y rezar...

—Pues rezaremos, rezaremos y rezaremos.

Fray Nicanor se rascó la coronilla. Luego, como vio que los dos soldados seguían de rodillas con gran arrepentimiento, se compadeció de ellos y dijo:

—Ya sabéis que aquí en el convento se trabaja mucho y se come poco.

—Trabajaremos muchísimo y comeremos poquísimo. Así adelgazaremos —susurró Monpetit.

—Está bien, levantaos.

Los dos franceses se levantaron y se sentaron

de nuevo. Luego siguieron rebañando la cacerola con sus cucharas. Fray Nicanor dejó que terminaran, y cuando ya no quedaba ni una raspa en la cazuela, mandó a todos los frailes subir de nuevo a la iglesia, para poner nombre a los nuevos hermanos.

—Cada fraile tiene su nombre. Tú, Monpetit, ¿cómo te llamarás de ahora en adelante?

—Fray Monpetit.

—Ése no es el nombre de un fraile, hijo mío. Elige el nombre de un santo de estos que nos miran desde los altares.

—¿Cómo se llama ése?

—San Sandalio.

—No me gusta. Tiene nombre de zapato.

Luego, señaló otro y preguntó:

—¿Y ése?

—Ése es San Simplicio abad, que murió de tanta penitencia.

48 ¡Vaya nombrecitos!

MONPETIT cambió de color tanto por el nombre como por la manera de morir y dijo:

—No me gusta ese nombre; además, me gustaría morir de otra cosa: de risa, como San Pascual Bailón, y no de penitencia.

Fray Nicanor movió la cabeza y dijo:

—Nadie puede elegir cómo morir. Puede elegir cómo llamarse. Nada más.

Y fray Nicanor le dio un libro gordísimo, que se titulaba *Martirologio*, donde venían más de cinco mil nombres de santos. Los dos franceses buscaron durante más de una hora y al final dijo Monpetit:

—No me gusta ni uno. ¡Vaya nombrecitos! Zósimo, Apapurcio, Vituritulano, Hisbistercio... Prefiero el mío.

—¡Y yo! —exclamó Guillomet.

Fray Nicanor asintió con la cabeza y murmuró:

—No hay mejor nombre que el que los padres han escogido. ¿Cómo os llamáis?

—Yo, Eudividrio —contestó Monpetit.

—Y yo, Gaifero.

—¿Y fueron santos?

—Sí. Al mío lo quemaron en Capadocia. Y al de mi compañero lo cocieron con sal en Tréveris —explicó Monpetit.

Fray Nicanor los bendijo y exclamó en alta voz:

—Pues desde ahora os llamaréis fray Eudividrio y fray Gaifero.

Los frailes se mondaron de risa al oír aquellos nombres y se escondieron debajo de los bancos para que fray Nicanor no los regañase. Los dos nuevos frailes se levantaron muy contentos y comenzaron a dar saltos de alegría. Los demás frailes dejaron de reírse y abrazaron a sus nuevos hermanos y les perdonaron sus fechorías. Y olvidaron el robo de los jamones y de los candelabros y de los cuadros y de las imágenes y del burro, ya que todo estaba de nuevo en su sitio, aunque faltaba la mitad y había algunos santos que tenían aún rotas las narices y los dedos de las manos, y a San Isidro Labrador le faltaba un buey. También faltaban todos los jamones, y muchos colchones de las camas.

49 Dos nuevos frailes

Fray Patapalo comenzó a protestar:

—Lo peor son las alfombras. Con el frío del suelo, todos tenemos sabañones. ¿Dónde están las alfombras que os llevasteis?

—No lo sé —exclamó fray Eudividrio—, pero no os preocupéis, hermanos, que fray Gaifero os hará con sus manos cientos de alfombras, pues es tejero.

—¿Hacía tejas?

—No. Tejía cuanto hay que tejer. Era pañero, alfombrero, tapicero. Por eso, podéis llamarle fray Gaifero, el tejero.

Los frailes se alegraron muchísimo de tener un hermano alfombrero, pero fray Rompenarices no estaba contento y siguió murmurando por lo bajo:

—Muy bien las alfombras, pero ¿y esos cristales que faltan allá en lo alto, rotos de tantos cañonazos y pedradas? ¿Quién los arreglará? Yo estoy heladito y San Francisco más.

—En cuanto a los cristales —terció ahora fray Gaifero—, vuestro nuevo hermano Eudividrio adornará esos huecos de ventanas con hermosísimos vidrios de colores, pues era vidriero en sus tiempos.

Y los frailes se quedaron con la boca abierta

y comenzaron a saltar y batir palmas, llenos de alegría por tener un vidriero en el convento.

Fray Olegario mandó a fray Jeremías que trajera unos hábitos nuevos para los dos nuevos hermanos, y fray Jeremías levantó los brazos y se lamentó mucho, pues no había en la sastrería ni una capucha nueva, ni una vieja, ni un metro de tela, ni un botón.

Y todos los frailes corrieron a su celda a buscar algún viejo hábito que ofrecer a sus hermanos, y lo que mejor les vino fue, a fray Eudividrio, un mandilón lleno de agujeros y sin una manga de fray Simplón, y a fray Gaifero, otro cubierto de churretes de chocolate de fray Cucufate.

50 Las sandalias

Lo peor fueron las sandalias. Nadie tenía una sandalia de más, pues andaba fray Sotero, el zapatero, por aquellos días con un asma muy grande y era entrar en el taller y ponerse a morir con el olor de la cola y la peste de los zapatos. La cuestión era que no podía respirar y se ponía a estornudar y no paraba en todo el día.

¡Pobre fray Sotero! No dejaba de echar aire por la boca una y otra vez, con tal fuerza que hacía volar la sal del salero y la pimienta del pimentero, que estaban junto a los vasos, en las mesas del comedor. Y esto hacía que todos los frailes estornudaran a la vez y mientras unos decían «achís» otros contestaban «Jesús», y era cosa de risa, aunque todos terminaban llorando.

Y como no era cosa de que los dos nuevos frailes anduvieran descalzos, fray Nicanor estaba preocupado y fray Simplón, que era muy bueno, propuso:

—Yo me quedaré en la cama y prestaré mis sandalias a fray Eudividrio.

A todos los frailes les pareció muy bien la idea, y todos se ofrecieron para quedarse en la cama un día o los que fueran necesarios, para ofrecer sus sandalias a sus nuevos hermanos. Todo se arregló de pronto porque fray Patapalo dijo:

—Yo, como soy cojo y me sobra siempre la sandalia del pie derecho, tengo no sé cuántas debajo de la cama. Lo malo es que todas son del mismo pie.

—No importa —exclamó fray Nicanor—. Que hagan un poco de penitencia.

Y fue fray Patapalo y trajo no sé cuántas sandalias del mismo pie y con ellas se remediaron los dos nuevos hermanos fray Eudividrio y fray Gaifero. Lo gracioso era que andaban de lado y se daban contra las paredes, con gran regocijo de los frailes.

El hecho fue que fray Nicanor no hacía más que preguntar que quién quería ser zapatero y todos se hacían los sordos, como fray Mamerto, y los que no se hacían los sordos se hacían los mudos. Sólo hablaban los tres ladrones. Decía fray Patapalo:

—Esa cola de zapatero huele a perro. Yo, ni hablar. A perro, no; a pescado podrido.

—No, a gato muerto —añadió fray Rompenarices.

51 Fray Perico zapatero

Fray Nicanor movió la cabeza y regañó a los tres frailes ladrones.

—Pues no olvidéis que estas pobres sandalias nos llevan por el camino del cielo.

Al oír esto, fray Perico comenzó a palmotear y a decir que él iría a la zapatería y allí, con el martillo y la lezna, haría cientos de sandalias a sus hermanos. Los frailes se echaron las manos a la cabeza, se pusieron de rodillas y suplicaron a fray Nicanor que no dejase entrar a fray Perico en el taller, ni le dejara coger una aguja.

—¿Pues quién ocupará el lugar de fray Sotero?

—Ninguno.

—Pues que entre fray Perico. El Señor, que siempre guía a los inocentes, le lleve de la mano —murmuró fray Nicanor.

Y fue fray Perico aquella misma mañana al taller y lo primero que hizo fue poner a calentar la cola de pegar, que era un engrudo que apestaba. Y lo segundo fue medir los pies de fray Eudividrio y los de fray Gaifero, para hacerles unas sandalias.

Y volvió al taller y cortó en el cuero la suela de las sandalias y, sobre el cuero, cosió unas tiras con un bramante. Y, cuando terminó, se dio cuenta de que las había cosido a la tela de su hábito y no se podía desprender de ellas. Del disgusto, casi se puso a llorar.

Luego se levantó para retirar la cola, que se estaba quemando en el hornillo, con tan mala suerte que se le vertió y cayó en la banqueta donde se sentaba. Y se sentó y comenzó a lamentarse de haber cosido tan mal las zapatillas y murmuró:

—Mejor que coserlas, era clavarlas. ¿Para qué quiere un zapatero el martillo? La aguja, para los sastres.

Y cogió otro par de suelas y, en vez de coger la aguja, tomó el martillo y unos clavos y comenzó a clavar las correas a la suela con unos martillazos terribles. Y cuando terminó, fue a probarse las zapatillas recién clavadas; pero no pudo, pues había dado tan fuerte y había utilizado unos clavos tan largos, que las sandalias se habían quedado clavadas al banco de madera y no se podían desprender.

52 Cristales

No sé cuánto tiempo estuvo fray Perico intentando arrancar los clavos, pero no había manera. Entonces gritó y llegaron los frailes, y por fin fray Tiburcio, con su fuerza y sus tenazas, consiguió desclavarlos. Fray Perico fue a levantarse. Pero no pudo: algo le retenía al asiento, algo pegajoso.

Fray Nicanor vio el bote de cola volcado, los churretes de pegamento por la mesa, las manchas verdosas en el suelo y las moscas atrapadas que movían las alas sin poder alzar las patas, y se hartó. Cogió a fray Perico de una oreja y dijo:

—Hermano, el Señor no quiere que seas zapatero. Levántate.

Pero el fraile no pudo. Bueno, sí. Fray Perico se levantó con la banqueta pegada al hábito y las sandalias cosidas y la mesa clavada y las moscas pegadas, y preguntó humildemente:

—¿A quién ayudo ahora?

Los frailes se taparon los oídos y murmuraron entre dientes:

—¡Dios nos asista! A mí no, Señor.

Y pasaba por allí fray Eudividrio empujando una carretilla de arena en dirección al corral y dijo fray Nicanor:

—Ayuda a fray Eudividrio. Va a empezar con su oficio de vidriero y puedes aprender.

Fue detrás del vidriero fray Perico y, al llegar a un extremo de la huerta, paró fray Eudividrio la carretilla y dejó allí la arena.

—¿Para qué es? —preguntó fray Perico.
—Para hacer vidrio.
—¿Qué es eso?
—¿No has visto los cristales de las ventanas?
—Sí.
—¿No has visto los frascos de miel de fray Ezequiel?
—Sí.
—¿Y las botellas de vino de fray Silvino?
—Pues claro.
—Eso es lo que vamos a hacer.
—Pero eso lo trae en su carro el cacharrero.
—Pues ya no lo traerá, lo vamos a hacer aquí.
—¿Aquí?
—Sí, aquí mismo donde tienes ahora los pies.
—¿En este sitio?
—Sí.

53 La zanja

Fray Eudividrio cogió el pico, se echó saliva en las manos y se puso a picar. Fray Perico estaba asombrado. De un momento a otro iba a salir de la tierra aquello que decía fray Eudividrio, aquellos cristales de las ventanas, aquellos fantásticos tarros donde fray Ezequiel metía la miel, las botellas de fray Silvino... Pero al rato fray Eudividrio se paró. Estaba sudoroso, se limpió la frente y dijo:

—Sigue, fray Perico, voy a beber agua. Estoy hecho migas de tanto cavar.

Y fray Perico cogió el pico y picó duro, dale que dale. A cada piedrezuela que encontraba dejaba de picar, y corría hasta fray Eudividrio a preguntar si aquello era vidrio, y el fraile terminó por mandarle a paseo. No obstante fray Perico hizo la zanja, una zanja tan honda, junto al peral, que por poco se cae dentro el árbol con peras y todo.

Luego fueron por ladrillos al tejar de fray Gaspar. Allí estaba fray Gaspar haciendo ladrillos de barro y fray Eudividrio le dijo:

—Coge esta arena que traigo en la carretilla y que he encontrado ahí en los barrancales, mézclala con tu barro y echa buena leña, que quiero unos ladrillos duros, muy duros, muy duros.

—¿Cómo de duros?

—Como el hierro, como el acero.

Fray Gaspar se rascó la cabeza. Él hacía ladrillos bastante duros, pero se caía uno al suelo y se rompía. Lo machacabas con una piedra y se convertía en un montón de tierra. Así es que preguntó:

—¿Y cómo se hacen esos ladrillos tan duros?

—Hace falta mucho fuego, mucha leña, muchos tarugos, hasta que se ponga el horno rojo como un pimiento.

—Diez haces echo yo de leña.

—Eso es poco. Echa doscientos para hacer los ladrillos que yo te pido.

—Y luego —prosiguió fray Gaspar— echo veinte tarugos de encina.

—Eso es poco. Echa trescientos de olivo, y verás.

Y fray Gaspar echó doscientos haces de leña, colocó aquellos extraños ladrillos recién fabricados y luego añadió los tarugos de olivo. Después encendió fuego y la que se armó. ¡Qué chispas, qué ruido de infierno! ¡Qué fuego desprendía el horno, qué calor, qué sofoco!

Unas gallinas que picaban alrededor se largaron al estanque, pues estaban medio asadas. Las hormigas de un hormiguero, que llevaban años viviendo tan ricamente al lado del horno, cogieron sus bártulos y se fueron al río.

De una docena de huevos que acababa de dejar en una cesta fray Pascual, para llevarlos al mercado, con el calor comenzaron a salir pollitos y pollitos. Asomaron uno detrás de otro y desfilaron tan contentos por el corral, alegres y ufanos de ver la luz del sol que lucía maravilloso en el cielo.

54 Castañas asadas

Fray Perico palmoteaba viendo salir aquellas chispas y aquel humo negro por la chimenea. No lejos del horno había una encina enorme, debajo de la cual hozaban los cerdos, atiborrándose de bellotas. Fray Perico tiró cuatro piedras al árbol y llovieron no sé cuántas bellotas sobre los cerdos, los cuales le dieron las gracias tan contentos. El fraile cogió unas cuantas bellotas en la capucha y dijo:

—Veréis qué ricas están ahora; enseguida vuelvo.

Y fue al horno y, por una abertura, echó las bellotas. ¡Qué explosiones, qué chispas, qué susto fray Gaspar! ¡Pim, pam! Salían por la chimenea las bellotas, y los frailes, que estaban allá repartidos en sus labores, creían que llovía maná del cielo.

Fray Mamerto se asombró de que cayeran bellotas asadas de los árboles. A fray Procopio le dio una en el telescopio y vio las estrellas; a fray Olegario se le estrelló una en el tintero y fue la tinta al techo. Fray Cucufate estaba echando sus almendras en la caldera del chocolate y le cayó una granizada de bellotas asadas y peladas, con lo que salió un chocolate riquísimo. Los cerdos veían visiones.

De pronto descendían del árbol unas bellotas

sin cáscara, doraditas y asadas en su jugo. A fray Sisebuto le entraron dos por la chimenea. Aterrizaron en el fuego de la fragua y volvieron a salir disparadas por el mismo lugar. ¡Qué susto! ¡Y qué susto el de fray Gaspar, que creía que allá adentro estallaban los pobres ladrillos, por no poder resistir tanto calor!

—¡Ay, mis pobres ladrillos! —gemía fray Gaspar.

Fray Eudividrio, igual. Cerraba los ojos y levantaba las manos y, a cada explosión, decía:

—¡Otro ladrillo, otro ladrillo! A lo mejor es que hemos puesto demasiado fuego.

Hasta que se acercó fray Perico, todo contento, brincando y diciendo:

—¿Y si echáramos castañas? ¡Harían a lo mejor mucho más ruido! Voy por ellas.

55 *El último ladrillo*

Y fray Eudividrio le cogió por una manga y dijo:

—Dios te bendiga, fray Perico. Menudo susto nos has dado. Anda, vete y di a fray Pirulero que te dé un saco de castañas y otro de boniatos y de patatas. ¡Ah!, y que hoy no encienda la lumbre; aquí puede cocer las lentejas por duras que estén.

Allá en el torreón, fray Procopio, con un ojo a la funerala, miraba asombrado por el telescopio, siguiendo aquellos puntitos rojizos que caían sobre el convento, y decía:

—Debe de ser alguno de esos trozos de estrellas, como aquellas que terminaron hace millones de años con los pobres dinosaurios. No nos van a dejar una gallina viva.

Y luego recogió del suelo uno de aquellos proyectiles que acababa de caer, lo peló y lo probó.

—¡Qué rico está! No me importaría que cayeran más.

La cosa fue que, a la media hora, el horno del tejar se tranquilizó y los frailes siguieron en paz sus tareas y aquel día fray Pirulero no tuvo que encender la lumbre. A los tres días, el horno se enfrió y fray Eudividrio pudo sacar los ladrillos. Eran amarillos y muy duros y pesaban como demonios.

Fray Nicanor mandó a los frailes que se colocaran en fila y que se los pasaran de uno al otro hasta donde fray Eudividrio iba a construir su horno de vidrio. Y así lo hicieron y en un pispás los acarrearon todos. Fray Gil, el albañil, hizo entonces argamasa y fray Eudividrio comenzó a colocar ladrillos y ladrillos en círculos cada vez más estrechos, en forma de bóveda, como hacen los gusanos sus ovillos.

De vez en cuando, sacaba la cabeza y pedía más ladrillos, más cemento, más agua, más arena, y las paredes del nuevo horno subían y subían. Una tarde, cuando fray Eudividrio salió de su ovillo para cenar, fray Perico se metió sin decir nada en el horno y siguió su tarea.

—Pobre fray Eudividrio, no terminará nunca. Voy a ayudarle.

Y empezó a poner ladrillos y ladrillos, tan deprisa que en una hora puso las cuatro o cinco filas que faltaban, colocó el último ladrillo y se quedó cerrado el horno. ¡Qué saltos de alegría, qué gritos!

—¡Eh, estoy aquí, ya he terminado!

56 La mala pata

PERO nadie le oyó. Fray Pirulero cerró la puerta del convento, echó el pestillo y todo quedó en silencio. Fray Perico pasó la noche durmiendo en aquel pequeño espacio. Al día siguiente, menudo susto fray Mamerto, cuando fue a mirar el horno. Fue a asomarse por el agujero de meter la leña y salió una mano.
—Soy yo.
—¿Quién eres tú?
—Fray Pericoooo...
Los frailes corrieron a las voces de fray Mamerto y con picos y palas rompieron los ladrillos y sacaron a fray Perico de su encierro. Fray Eudividrio le regañó muchísimo y le mandó que, mientras él arreglaba la pobre bóveda del horno, fuera machacando con el mazo de fray Sisebuto unas piedras blancuzcas que acababan de traer de Valdecarros para hacer cristal.

Fray Perico no lo pensó dos veces: cogió el mazo, echó saliva y, de un golpe, rompió el primer pedrusco y el mango del mazo. Un trozo del pedrusco cayó por la ventana del gallinero, y rompió el comedero. Otro cayó en el botijo donde bebía fray Simplón. El pobre se quedó sin botijo, con las manos al cielo y chorreando agua. Otro cayó en la campana del reloj de la torre, que iba a dar la una y que, en vez de la una, dio las dos. Y otro, dentro del puchero de las lentejas de fray Pirulero, que acababa de levantar la tapadera para añadir agua.

Fray Eudividrio regañó muchísimo a fray Perico y le suplicó que no diese unos golpes tan fuertes. Fray Perico arregló el mango, atándolo bien con el cordón de su hábito, y dio menos fuerte, pero se armó un lío bien gordo con el dichoso cordón. Subió el mazo, se le cayó el mazo y le dio en el pie.

Fray Perico salió dando saltos hacia la enfermería y entre todos los frailes le subieron escaleras arriba, y fray Zacarías le vendó el pie, pero el dedo gordo se le puso morado como una lombarda.

57 La zarzaperruna

Los frailes se asustaron mucho y cada uno proponía un remedio distinto para curarle. Fray Cucufate pensó que lo mejor era ponerle unos trapos bien calientes con agua de ortigas. Pero fray Procopio se echó las manos a la cabeza y gritó:

—¿Con agua de ortigas? Se le pondría el dedo como una morcilla. Mejor sería agua de zarzamora.

Los frailes se taparon los oídos, asustados al oír aquello.

—¡Zarzamora! ¡Cómo se le pondría el pie! ¡Con las espinas que tienen esas dichosas zarzas!

—¡Y además con las moras! Se le pondría el dedo morado como una berenjena —terció fray Olegario.

—Para eso, mejor sería cocer unas ramas de zarzaperruna —murmuró fray Balandrán.

—¿Zarzaperruna? —exclamaron todos extrañados.

—Sí, en mi pueblo —prosiguió fray Balandrán— llaman zarzaperruna al escaramujo.

Los frailes se rieron mucho, pues todos sabían lo que era el escaramujo: una zarza con unos frutos rojos pequeñitos, muy picantes, que si te los echabas en el cuello éste te picaba como si tuvieras pulgas y te retorcías que daba gusto.

¡Qué risas los frailes, al oír que en el pueblo

de fray Balandrán a una zarza tan simpática la llamaban zarzaperruna! Se partían todos de risa, sobre todo fray Perico, que se había olvidado de su dedo y daba saltos en la cama, hasta que se dio con el dedo en la pared y vio las estrellas.

Fray Nicanor regañó a los frailes y dijo:

—Un enfermo se cura con alegría, pero mirad cómo tiene el dedo. Hay que pensar algo para curarle de verdad.

Los frailes se callaron y se pusieron a pensar, y el primero que habló fue fray Pirulero, que dijo que mejor le pusieran paños fríos. Que lo ideal era ponerle hielo en el pie, pero que, como no estaban en invierno y por tanto no helaba, ni escarchaba, ni había nieve, ni carámbanos, al menos que se dejara de cataplasmas de zarzaperruna y que sacara el pie a enfriar por la ventana.

58 Sanguijuelas

Todos empezaron a discutir quién iba con un carro a la sierra de Gredos a traer nieve bien metida entre heno y paja, y hasta fray Procopio, que era natural de Granada, propuso ir a Sierra Nevada con el burro y traerse las alforjas llenas de nieve. Estaba el asno mirando por la ventana a ver si veía dónde estaba aquella sierra cuando llegó fray Isaías por las escaleras, sudoroso y gritando:

—¡Ya está, no me acordaba! En mi pueblo el médico ponía sanguijuelas cuando se te caía una plancha en un pie, o te pillabas un dedo con una puerta.

—¿Sanguijuelas? —exclamaron los frailes.
—Sí.
—Yo sé dónde hay —murmuró fray Mamerto.
—¿Dónde? —preguntó fray Simplón.
—En el huerto. Coges una azadilla y, entre los surcos, hay montones —dijo fray Mamerto.

Fray Simplón no aguardó un instante. Fue corriendo, escarbó y, enseguida, bajo un terrón encontró seis o siete. Las metió en la capucha y volvió a toda prisa.

—Ya están aquí.
—¿Dónde están? —le preguntaron.
—En la capucha.

Los frailes miraron en la capucha y no había

ninguna. Eso sí, por los pliegues del hábito corrían tres o cuatro ciempiés, y otros dos huían ya por las sandalias.

—Eso no son sanguijuelas. Son ciempiés. Llévatelos de aquí.

Y los frailes comenzaron a discutir cómo eran las sanguijuelas y el que más sabía era fray Olegario, que decía que tenían una boca que mordía y podía sacar la sangre de un caballo.

—¿De un caballo?

—Bueno, de un conejo; de lo primero que pillen. ¡Qué más da!

—¿Y cómo son?

—Son largas y se arrastran por el barro, entre los juncos del río.

59 La culebra

MIENTRAS decían estas y otras palabras, fray Simplón escapó por la puerta y se fue al río. Allí había todos los juncos del mundo y patos y ranas y sapos y caballitos de río y sanguijuelas. Precisamente, junto a un álamo, había una de dos metros, verde, con una boca que podía sorber no un caballo, sino el buey grande del tío Carapatata. Fray Simplón la pudo coger por la cola y darle un zapatillazo en la cabeza que la dejó mareada. Luego, la enrolló, la metió en la capucha y salió, pies para qué os quiero, en dirección al convento.

Estaban los frailes discutiendo todavía cómo eran las sanguijuelas y dónde se escondían, cuando llegó fray Simplón, lleno de alegría, y dijo:

—Sólo he encontrado una, ¡pero qué sanguijuela!

Los frailes abrieron con recelo la capucha y se echaron para atrás espantados.

—¡Es una serpiente!

Los pobres religiosos se metieron debajo de la cama de fray Perico y fray Perico se refugió bajo las mantas y las sábanas. Sólo fray Olegario guardó la calma. Levantó los brazos para pedir tranquilidad y dijo:

—No es más que una culebra de agua, sólo come ranas y sapos. No huyáis, hermanos.

Y los frailes salieron de debajo de la cama y fray Nicanor mandó a fray Simplón que se llevara aquel bicho al río y que se dejara de buscar sanguijuelas. Ya irían ellos a buscarlas al charco de la fuente o al brocal del pozo, donde fray Cipriano, el hortelano, había visto montones de ellas.

Y salió fray Simplón con su culebra en la capucha y la dejó en los juncos y, a la vuelta, se asomó al brocal del pozo, que era muy profundo, oscuro y de agua fresca. Y vio cómo, a un metro del brocal, había no sé cuántas sanguijuelas que resbalaban sobre las piedras verdosas. Fray Simplón alargó la mano, la mano, la mano, se escurrió, se escurrió, se escurrió, y se cayó de cabeza al pozo.

60 El pozo

MENOS mal que se agarró a la cuerda del cubo y se quedó pataleando con las piernas fuera y la cabeza dentro. ¡Qué voces, qué gritos fray Simplón! Los frailes acudieron a todo correr y le asieron de los faldones del hábito, como pudieron. Luego le sacaron y le sentaron en un cesto y le tranquilizaron, pues tenía la cara encendida como una sandía y sudaba y lloraba del susto que se había dado.

A todo esto, fray Perico se tiraba de los pelos, porque tenía el dedo cada vez más hinchado. Y como los frailes no encontraban sanguijuelas, ni vivas ni muertas, no sabía qué hacer. Hasta que fray Cucufate dijo:

—¿Y si vamos a pedírselas al tío Carapatata?

—Sí, ¿y quién se las pide? Es capaz de darnos una víbora.

En esto, se oyó un grito en la cocina y todos bajaron creyendo que fray Pirulero se había quemado un dedo con la plancha. Pero no era así. Llegaron y le encontraron bailando, pues había encontrado tres sanguijuelas en una lechuga y saltaba de contento.

El que no saltó fue fray Perico, cuando fray Nicanor le puso las tres sanguijuelas en el dedo. Primero le dieron un picotazo que le dolió como si se hubiera pinchado con un cardo. Luego comenzaron a comer, a comer, a comer, que casi se comen a fray Perico entero.

Pero fray Perico no lloró. No lloró porque, como le hacían muchísimas cosquillas, se puso a reír tanto que casi se muere de la risa. ¡Qué cosquillas, qué picotazos! Toda la noche riendo, y al día siguiente estaba curado. Lo malo fue arrancárselas del dedo, porque no se querían ir. Fray Nicanor les echó unas gotas de vinagre y las tres sanguijuelas abrieron la boca y le dejaron en paz.

Fray Perico les dio muchísimas gracias a las tres, y quería guardarlas en una caja y estuvo a punto de echarles pan y queso. Pero fray Nicanor mandó a fray Simplón que las llevara lejos, al río, donde no pudieran comerse ni una gallina, ni al propio Calcetín, pues aquellas culebrejas eran muy glotonas. Aquella misma mañana fray Perico se levantó y, como se notó ya con fuerzas, fue corriendo al horno de fray Eudividrio, a coger otra vez el mazo y machacar.

61 Otra vez el horno

Pero ya se encontraba en el horno fray Tiburcio, que estaba aplastando con el mazo las piedras amarillas de Valdecarros. Fray Tiburcio, golpe que daba, piedra que dejaba hecha una tortilla. No quedaba de las piedras más que un poco de serrín. Luego, con una pala, apilaba el polvo menudo que quedaba en montones de diversos colores: rojo de las piedras de cinabrio, azul de las piedras de azurita, negro de los pedruscos de oligisto, blanco de la calcita, verde de la malaquita.

De todos los pueblos cercanos y lejanos venían carretas que chirriaban como condenadas. De Duruelo, de Peña de Cabra, de Pereruela y Barrueco-Pardo, y fray Tiburcio, nada más llegar los cargamentos, trituraba las piedras y hacía montones de arena, cada uno de un color. Fray Perico le ayudaba, pero daba asco, porque cada día aparecía el tejado del convento con un tono distinto.

Fray Tiburcio machacaba cascotes de cinabrio, y todas las sábanas tendidas en el huerto y la puerta y los patos y las vacas, de color rojo. Machacaba unos terrones de azurita y aparecía el convento azul; otros días te encontrabas las ovejas negras y todas las gallinas negras, y al día siguiente, verdes o naranjas. Y todo por culpa del airecillo que venía de la sierra, que se llevaba el polvo de los montones por delante y terminaba tiñendo hasta las barbas de los frailes.

El día que acabó fray Tiburcio de machacar y fray Perico de hacer montones, fray Eudividrio pidió a los frailes que trajeran leña. Fray Mamerto la cortó en el monte, fray Opas la serró, fray Cucufate la troceó y los demás la transportaron a hombros, en serones o en la carretilla.

Calcetín, nada más ver que había trabajo, desapareció en lo más oscuro del establo. Por su parte, los tres ladrones se fueron a coger melones al melonar, aunque no había ni uno, pues no era tiempo de melones. La cosa fue que la leña llegó al horno, que fray Eudividrio la encendió y echó dentro arena de sílice y tres paletadas de cinabrio, rojo como el tomate. ¡Qué humo, qué llamas, qué calor! A las cuatro horas, bullía el caldo dentro del horno como si fuera caramelo de grosellas.

62 El cristal de arena

Los frailes estaban con la boca abierta y sudando como patos. El sol brillaba en lo alto y de los manzanos cercanos caían, por efecto del terrible calor del horno, las manzanas asadas. De un próximo membrillar, se desprendían de las ramas riquísimos membrillos en su jugo, que los tres ladrones recogían del suelo y luego saboreaban. Mientras, miraban el rojo resplandor que aparecía por las siete u ocho bocas de la cúpula del horno, que eran como las siete bocas del infierno.

—¿Cómo será el infierno? —exclamó fray Rompenarices.

Fray Patapalo le dio un golpe con el codo y le reprendió ásperamente.

—No digas esas cosas. Nosotros padecemos aquí, en el convento, tanta hambre, sed y sueño, que iremos derechos al paraíso. Ese fuego que ves, es el de las cocinas del cielo.

Y diciendo esto, cogió unos boniatos del huerto, los ató con una cuerda y los arrojó a las llamas por un agujero del horno. Inmediatamente los sacó humeantes y bien asados. Fray Patapalo los repartió entre los frailes y todos alabaron el exquisito sabor que el horno de fray Eudividrio había proporcionado a aquellas pobres raíces.

En ese instante, fray Eudividrio dio una palmada y gritó:

—Ya está el caldo. Ahora metamos la cuchara y que Dios nos ayude.

Pidió que le trajeran una barra de hierro, que fray Sisebuto había hecho para colgar las cortinas de las ventanas; la introdujo en el caldo hirviente y la sacó chorreando una masa roja. Los frailes, maravillados, miraban aquella cortina transparente.

—Mira qué bonito se ve el campo a través de él.

Por aquel cristal, recién fabricado con un poco de arena, se veía el campo muy distinto. La hierba era roja, los árboles y las vacas estaban colorados como pimientos, el arroyo parecía un río de azafrán y las amapolas ni se veían.

Fray Eudividrio cogió las tijeras de podar de fray Mamerto, cortó en trozos el cristal aún blando y dio uno a cada fraile. ¡Qué risa al verse unos a otros tan colorados con aquellas barbas que parecían teñidas con pimentón!

—¡Mira, fray Perico parece un cangrejo! —decían los frailes.

Y después de sumergir los cristales en el pilón del corral, para enfriarlos y endurecerlos, se los llevaron a sus celdas para ponerlos en las ventanas.

63 El tercer florero

Al día siguiente, fray Perico encendió de mañana el horno y fray Eudividrio mezcló, en un montón, arena de sílice y arena de azurita y, a paladas, echó la mezcla por una de las bocas. Humo, calor, chisporroteo.

Los tres ladrones no se alejaban del horno y, cuando no se daba cuenta fray Eudividrio, dejaban sobre la bóveda llameante algún cangrejo o algún caracol o alguna trucha que acababan de coger del río, y que al rato se comían. Cuando se enteró, fray Nicanor los regañó muchísimo y los mandó a la cocina con fray Pirulero a escoger lentejas. Y, cuando se fueron, dijo fray Eudividrio:

—Anda, fray Simplón, ve al cenagal y tráete una caña bien seca.

Y fue fray Simplón y la trajo. Fray Eudividrio la cortó con la navaja, la limpió y la metió en aquel líquido azul que bullía dentro del horno. Luego sacó la caña. En su extremo colgaba una pella de vidrio. El fraile sopló por el otro extremo de la caña y de aquella bola de vidrio surgió un globo, que cada vez se hacía más grande y más hermoso.

—Va a explotar.

Los frailes se escondieron detrás de los árboles, pero fray Eudividrio comenzó a acariciar

aquella esfera y la fue moldeando hasta convertirla en un hermoso florero. ¡Sí, sí, en un florero! ¡Qué alboroto los frailes!

—¡Un florero! Vamos a llevárselo al santo.

Los frailes llevaron el florero en procesión hasta los pies de San Francisco, pero al llegar ante el altar, fray Simplón estornudó y fue el florero al suelo. ¡Qué lamentos los frailes! ¡Qué pena!

Fray Eudividrio hizo enseguida otro de repuesto. Metió la caña en el horno, sacó otra pella de vidrio, sopló, sopló y sopló y otra esfera transparente surgió como un milagro por el otro extremo de la caña. A los diez minutos había sobre la hierba del huerto otro florero.

Esta vez el florero lo rompió fray Perico. Se tropezó con la alfombra del altar, cayó de cabeza y arrastró con él la procesión de frailes que llevaban aquella maravilla a San Francisco. San Francisco no hizo esta vez ningún milagro. Dejó que el florero se cayera al suelo, dejó que los frailes lloraran un poquito y dejó que fray Eudividrio hiciera un tercero, que éste sí que era hermoso.

Los frailes lo llevaron otra vez en procesión y lo dejaron ante los pies de la imagen. Allí seguirá, después de muchos siglos, renegrido ya, manchado de moscas, pero lleno de flores, las mismas flores que llevó del huerto fray Mamerto.

64 *La escalera*

ENSEGUIDA, cada fraile pidió un florero a fray Eudividrio, pero fray Eudividrio movió la cabeza a un lado y a otro y dijo que no, que no había más floreros. Fray Eudividrio cerró el horno, se dirigió a la iglesia y, nada más llegar, se sentó en un banco y se puso a mirar al techo. Todos los frailes se sentaron también y se pusieron a mirar al techo. Seguro que fray Eudividrio iba a hacer una lámpara de esas de cristal que cuelgan en lo alto de las iglesias y que dan no sé cuántas vueltas para un lado y no sé cuántas para otro.

La cosa es que estaban los frailes con la boca abierta mirando al techo, cuando se abrió la puerta y llegó fray Castor, el pintor, con una escalera de veinte metros o más. Fray Castor alzó la escalera con la ayuda de los frailes y la arrimó a la pared.

Luego cogió carrerilla y, pim, pim, pum, se encaramó en lo alto. Y lo primero que hizo el fraile, al llegar arriba, fue sacar un trozo de carbón del bolsillo y empezar a hacer rayajos en la pared. Los frailes miraban maravillados y más maravillados, y por fin descubrieron que los rayajos eran una cabeza muy grande.

—¿Quién será? —se preguntaban los frailes.

—Debe de ser la cara de Jesús —murmuró fray Cucufate.

—El Señor no era tan feo, ¡mira qué barbas! —exclamó fray Olegario.

—Será San Barrabás —opinó fray Patapalo.

Los frailes comenzaron a discutir sobre si Barrabás era santo o no y si Herodes estaba en el cielo o en lo más hondo de los infiernos, y dijo fray Simplón:

—Pues en mi pueblo, allá en Gimalcón, hay un Herodes en el altar con una espada matando niños y todo el mundo le pone flores, no sé por qué.

—Pues eso no es nada —exclamó fray Rompenarices—. En mi pueblo está un San Judas Iscariote con una bolsa y todos le rezan, porque dicen que por cada padrenuestro te aparece por la noche un ducado de oro debajo de la almohada.

65 *¡Que llueve!*

Y estaban discutiendo así los frailes, a grandes voces, cuando fray Eudividrio levantó los brazos y dijo:

—Hermanos, yo no sé lo que estará pintando fray Castor en lo alto del muro; lo único que sé es que están rotos los cristales de las ventanas y que cuando llueva se mojará la pared y se empapará esa imagen que está pintando, y San Francisco cogerá en su altar, como siempre, un tabardillo.

Y los frailes tuvieron que decir que sí y se preguntaron que quién tapaba las ventanas.

—Yo las taparé —exclamó fray Eudividrio—. Pero no con esos cristales blancos tan feos que ahora hay, que se rompen con el frío o el calor del sol, sino con unos vidrios de mil colores.

—¿De mil colores?

—Sí. Unos serán los mantos de los apóstoles; otros, las túnicas; otros simularán el sol; otros, fuentes; otros, caminos, montañas, ríos, árboles y flores.

Los frailes miraban deslumbrados y no sabían cómo podría ser aquello.

—Ahí aparecerá toda la historia sagrada y veréis a Gedeón y a Rebeca y a Holofernes y a los doce hijos de Jacob y el mar Rojo...

—¿Y Herodes?

—Herodes también saldrá.

Y fray Castor, que estaba en lo alto de la escalera, paró de pintar su santo gigante y dijo:

—Pero a San Cristóbal no le pintes, que ya le estoy pintando yo tan alto como era, que medía más de treinta metros.

—¿Ése es San Cristóbal? —preguntó a grandes voces fray Cucufate.

—Sí. Está cruzando un río.

—¿Y no se ahoga?

—No. Tan alto era que sacaba la nariz por encima del agua.

Y mientras los frailes discutían sobre cómo había que pintarle el pelo a San Cristóbal, que si negro o amarillo o castaño, empezó a llover y empezó a entrar agua y comenzó fray Castor a estornudar y tuvo que bajarse de la escalera volando. Con lo cual resultó que fray Eudividrio tenía razón y que lo primero era poner cristales nuevos en las ventanas, y si eran de colores, mejor que mejor.

Y fray Castor pintó en su taller unos pergaminos tan hermosos de santos y confesores que los frailes se quedaron con la boca abierta más de un mes, hasta que la cerraron para decir:

—¡Qué bien pinta fray Castor cuando no está subido en una escalera!

66 *El telar*

AQUELLA tarde fray Eudividrio echó a fray Perico del horno. Tenía que machacar fray Perico un montón de piedras de cinabrio para fabricar un cristal rojo como los rubíes. ¿Y qué diréis que hizo? En vez de machacar aquellas piedras duras, dejó el martillo y se fue a la cocina de fray Pirulero, cogió el saco del pimentón, lo mezcló con arena del río y lo echó al horno de fray Eudividrio. Estaba el horno echando chispas y abrasaba hasta los pájaros que pasaban a cien metros.

El horno hizo ¡bum! y casi quema las cejas de fray Eudividrio. De todas maneras, le chamuscó la barba, medio hábito y la capucha entera. Fray Eudividrio no dijo nada, pero dirigió el brazo en dirección a fray Gaifero, que pasaba en esos momentos con un enorme saco a la espalda.

Fray Perico se marchó con la cabeza gacha, muy triste por lo que había hecho. Luego se acercó a fray Gaifero y le dijo:

—Hermano, ¿puedo ayudarte?

Fray Gaifero dijo que sí y le dejó el saco para que lo subiera al telar. Ascendieron la escalera y fray Gaifero abrió la puerta del taller.

—Déjalo en el suelo.

El saco, aunque era enorme, no pesaba demasiado. Al caer, botó varias veces en el suelo.

—Es lana —aclaró fray Gaifero.
—¿Lana?
—Sí. Vamos a tejer paño pardo para hacer hábitos —explicó el fraile.

Era la lana oscura de los borregos de color café que fray Sinfroniero, el de los corderos, tenía en el redil. Fray Gaifero fue cogiendo lana del saco y la fue retorciendo para hacer un hilo larguísimo. En un rincón había construido fray Gaifero, el tejero, un armatoste de madera con cuatro travesaños.

—Esto es el telar —explicó fray Gaifero.
—¿Y para qué sirve?
—Para hacer tela.

67 *La tela*

El hermano tejero mandó a fray Perico que cortase el hilo larguísimo en grandes trozos y que los fuese colgando del madero superior.

—Estos hilos que cuelgan son la urdimbre.

—¿La urdimbre? ¡Vaya palabreja! —exclamó fray Perico.

Fray Gaifero empezó a pasar entre aquellos hilos que colgaban otros hilos, de un lado a otro, como si estuviera zurciendo un calcetín.

—Esto es la trama —explicó fray Gaifero.

Fray Perico veía visiones. De tanto pasar hilos e hilos de un lado a otro, en un tristrás fray Gaifero hizo una hermosa tela, un poco tosca, pues la lana no estaba muy bien cardada y lavada, pero que para el hábito de un fraile humilde y pobre casi parecía seda.

Fray Perico se quedó con la boca abierta al ver aquella maravilla. Así que llamó a los demás frailes y subieron todos y no dejaban trabajar a fray Gaifero, tanto era el mirar y el oler y el tocar la tela. Hasta que se hartó y los mandó a todos a paseo.

Y se fueron cada uno a su trabajo, alabando la habilidad de fray Gaifero. En cuanto a fray Gaifero, de tanto tejer le dolía la espalda y se hartó y se fue al huerto a respirar a la sombra de la morera, y allí se durmió. Pero antes de bajar le dijo a fray Perico:

—Ya ves que tejer no es fácil oficio; que de estar en la misma postura, doblado y con los ojos fijos en la tela y las manos subiendo y bajando, le duelen a uno los huesos.

Fray Perico hacía que sí con la cabeza, miraba a fray Gaifero y luego a la tela y decía:

—¡Pero qué hermoso trabajo! Siempre me he quedado con la boca abierta delante de las arañas. ¡Cómo tejen, cómo urden una tela en una noche! ¡Cuánto me gustaría entrelazar esos hilos y mover las manos y hacer un tejido tan maravilloso como el que tú has hecho! ¿No podría yo hacerlo?

68 *Veinte sacos de lana*

Fray Gaifero se llevó las manos a la cabeza y contestó:

—No, fray Perico. Algún día, después de mucho mirar y probar, te dejaré poner las manos en este telar. Ahora pidamos a nuestros hermanos que nos ayuden a subir muchos sacos de lana del rebaño de ovejuelas de fray Pascual, pues fray Nicanor me ha dicho que va a ocurrir algo en el convento que nos obligará a hacer más hábitos que los de fray Eudividrio y fray Gaifero, que soy yo.

—¿Pues cuántos harán falta y por qué? —preguntó asombrado fray Perico.

Fray Gaifero cambió de color, se le alegraron los ojos, levantó las cejas y le respondió con voz misteriosa:

—Mil hábitos, tres mil...

—¿Tres mil?

—Sí, sí. Tal vez cinco mil.

—¿Para quién? ¿Es que cada fraile de este convento va a necesitar doscientos o trescientos trajes, uno para cada día?

Fray Pirulero estalló a reír y contestó, mientras se le saltaban las lágrimas:

—Es que...

Y en ese momento se oyeron pasos y voces por las escaleras y apareció fray Nicanor con un saco de lana, y luego fray Olegario con otro saco, y después fray Cucufate con otro, y así se presentaron los veinte frailes del convento, con un saco de lana cada uno sobre la espalda.

Y fray Nicanor dejó el saco en el suelo del telar, y encima puso su saco fray Olegario, y a continuación fray Cucufate y los otros frailes, de tal manera que pronto llenaron aquella habitación y la siguiente con una gran pila de fardos llenos de lana.

Y los frailes, una vez que hubieron llenado las dos habitaciones, se sacudieron los hábitos y las manos y se quedaron mirando a fray Nicanor muy serios y con la cara y los ojos arrugados, como diciendo:

«Bueno, ¿y tanta lana para qué? ¿Es que ahora el convento se va a convertir en una fábrica de paños?»

69 Cinco mil frailes

Fray Nicanor sonrió y dijo:

—Hermanos, nuestro padre general, patriarca y guía de toda la orden de los pobrecitos franciscanos, quiere reunir en nuestro amado convento a todos los frailes de nuestra orden, de toda España y de todo el mundo.

—¿A todos? Pero si no van a caber en el convento. ¿No estaría mejor cada mochuelo en su olivo y cada fraile en su convento? ¿Y dónde van a dormir y comer y rezar? Eso es una locura, padre Nicanor —exclamó fray Cucufate.

Fray Nicanor sonrió y dijo:

—Locura santa fue la de nuestro padre Francisco, ese que tenéis ahora de madera en el altar. Esa locura santa se le ocurrió hace siglos a San Francisco.

—¿A San Francisco? —exclamaron los frailes.

—Sí. Hace cuatro siglos San Francisco convocó, en Santa María de los Ángeles, a los buenos hermanos de nuestra orden. ¿Y sabéis cuántos se juntaron?

—Trescientos —aventuraron los frailes.

—No, más —dijo fray Nicanor.

—¡Mil!

—No, más. ¡Cinco mil! —exclamó lleno de fervor fray Nicanor.

Los tres ladrones comenzaron a protestar y dijo fray Patapalo:

—Si ahora no hay casi para comer con veinte gatos que somos, ¿qué será con cinco mil?

Y los frailes asentían con la cabeza. Y les dijo fray Nicanor:

—Hombres de poca fe. ¿Ya habéis olvidado cómo el Señor alimentó no sé a cuántos miles de personas con cinco panes y cinco peces?

—A poco nos va a tocar —refunfuñó fray Rompenarices.

—Además, ¿dónde van a dormir? ¿Debajo de la cama? Porque yo no pienso dejar la mía —exclamó fray Tartamudo.

70 El peregrino

Fray Nicanor no dijo más. Mandó salir a todos los frailes del telar y los reunió en la capilla para tratar detenidamente el asunto. Y mientras todos deliberaban sobre cuántos vendrían y dónde se meterían y qué comerían y qué beberían y dónde dormirían y dónde se lavarían, sonaron unos golpes terribles en la puerta y fue corriendo fray Sotero, abrió y encontró a un pordiosero.

Fray Sotero le dio pan y agua y vino y tocino y una manta para pasar la noche, pero el pordiosero se enfadó y murmuró ásperamente:

—Hermano, yo soy un fraile como tú, que en el camino di medio hábito a un pobre.

—¿Y dónde está el otro medio? —preguntó asombrado fray Sotero.

—Se lo di a otro.

—¿Y de dónde vienes?

—De Toledo. Hace dos meses que echamos a andar en dirección a Salamanca mis hermanos y yo, y yo he llegado el primero.

—¿Por qué?

—Porque soy el cocinero y vengo a preparar la comida y a ayudar a vuestro cocinero a pelar las patatas y a cocer los garbanzos, que la cocina es el peor oficio de un convento.

—¿Y vienen los otros detrás?

—Sí. Unos treinta, que vienen despacio rezando el rosario y haciendo el bien por donde pasan.
—¿Y cuándo llegarán?
—No lo sé.
—¿Y cómo se llama su reverencia?
—Fray Secundino, el de los pepinos.

71 Se acaba la tinta

Corrió fray Sotero a dar la nueva a los frailes y bajaron todos extrañados a recibir a su hermano y vieron que era verdad. Y se asustaron mucho cuando el recién llegado les contó que por el camino había visto multitudes de frailes, que venían despacio, andando y rezando, y que en cada cruz de piedra y en cada ermita se paraban, rezaban y seguían con muchísimo fervor, alabando al Señor de los cielos.

—¿Y vienen hacia aquí?

—Sí. Ellos decían que sí. Que venían a un conventillo donde había una imagen muy milagrosa.

—¿Lo veis? —exclamó fray Nicanor—. Tenemos que preparar todo para que se encuentren como en casa.

Y luego mandó pasar a fray Secundino, el de los pepinos, y le preguntó que cómo venía descalzo y con aquellos calzones rotos y sin hábito de fraile.

—Mil kilómetros he recorrido, pues me equivoqué de camino y me fui a La Coruña. Luego di la vuelta y, de tanto andar, he perdido zapatos y calcetines. Con los hábitos, ya le dije a fray Sotero lo que había pasado.

Y entró el nuevo hermano, y tanta hambre traía que comió y volvió a comer y comió de nuevo. Y mientras tanto fray Perico, pensando que harían falta cientos de hábitos para tantos frailes, subió escaleras arriba sin decir nada y llegó hasta el telar y se puso a hilar y a trenzar y a entrelazar hilos a toda velocidad. Y no quiero seguir más porque ocurrieron luego tantas y tales cosas que no había tinta ni hojas ni plumas en el convento para contarlas.

Y fray Nicanor mandó que en ese mismo instante acabara fray Olegario el libro, en espera de proseguir la historia en mejor ocasión. Y así lo hizo fray Olegario, y con la última gota de tinta del tintero puso, con su mano arrugada y temblorosa, estas tres letras que veis al final del libro:

FIN

Índice

1	La tormenta	7
2	Ánimas del purgatorio	9
3	El mordisco	11
4	El gato Garabato	14
5	Música celestial	16
6	El rebuzno	18
7	La buhardilla	20
8	El duelo	23
9	Los picatostes	25
10	El lobo	27
11	Debajo de la mesa	29
12	Los alguaciles	31
13	La fuente del Sapo	32
14	El perdón	34
15	San Simeón Estilita	36
16	El cocido	38
17	El tío Carapatata	41
18	La gallina bizca	43
19	Las botas del diablo	45
20	Barriendo la puerta	47
21	Almendras de chocolate	50
22	El padrenuestro	52
23	Las doce vacas	54
24	Que viene fray Pascual	56
25	Dos puñetazos	58
26	El ángelus	60
27	Catorce panes	62
28	Gallinas y ratones	64
29	Fiebre	66

30 *La escalera de tijera*	68
31 *Gafas de cristal de vaso*	70
32 *Lágrimas de risa*	72
33 *El telescopio*	74
34 *Cuarenta y seis herraduras*	77
35 *A capítulo*	79
36 *La vela*	81
37 *La nariz de San Francisco*	83
38 *Las mangas de fray Pirulero*	85
39 *Las barbas de San Leodegario*	87
40 *La sala capitular*	90
41 *Limpiando las armas*	92
42 *Los tres mil filisteos*	94
43 *La honda de fray Ezequiel*	96
44 *Al convento*	98
45 *¿Quién salvó a Monpetit?*	100
46 *Las bolitas de pan*	102
47 *El perdón*	104
48 *¡Vaya nombrecitos!*	106
49 *Dos nuevos frailes*	108
50 *Las sandalias*	110
51 *Fray Perico zapatero*	112
52 *Cristales*	114
53 *La zanja*	116
54 *Castañas asadas*	119
55 *El último ladrillo*	121
56 *La mala pata*	123
57 *La zarzaperruna*	126
58 *Sanguijuelas*	128
59 *La culebra*	130
60 *El pozo*	132
61 *Otra vez el horno*	134